종착역에서 기다리는 너에게

Shuchakuekide Matsu Kimie

Text Copyright ⓒ 2025 INUJUN
Cover illustration by FUSUI
All rights reserved.

No part of this book may be used or reproduced in any manner whatsoever without written permission except in the case of brief quotations embodied in critical articles and reviews.

Originally published in Japan by Jitsugyo no Nihon Sha, Ltd.
Korean Translation Copyright ⓒ 2025 by Genie's Library Co., Ltd
Korean edition is published by arrangement with Jitsugyo no Nihon Sha, Ltd.
through BC Agency.

* 이 책의 한국어판 저작권은 BC에이전시를 통해 저작권자와 독점계약을 맺은 ㈜지니의서재에 있습니다. 저작권법에 의해 한국 내에서 보호받는 저작물이므로 무단전재와 복제를 금합니다.

일본 케이타이 문학상 수상 작가
이누준 장편소설

종착역에서 기다리는 너에게

이은혜 옮김

덴류하마나코 철도 노선도

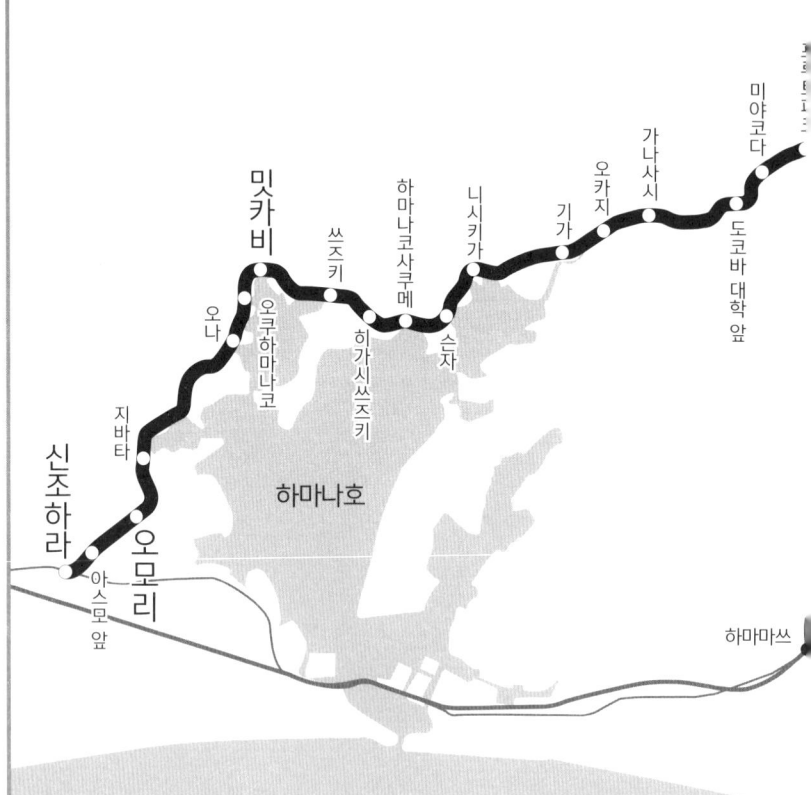

미야구치 간스이지 니시카지마 **덴류후타마타** 후타마타혼마치 가미노베 도요오카 시키지 도토미이치노미야 **엔슈모리** 엔덴 모리마치병원 앞 도와타 하라다 하라노야 이코이 광장 호소야 사쿠라기 가케가와시청 앞 니시카케가와 **가케가와**

엔슈 철도

도카이도 본선

도카이도 고속철도

덴류강

일러두기

- 본 작품은 픽션입니다. 실제 인물이나 단체와는 아무 관련이 없습니다.
- 작품 안에 지방 사투리가 등장하는 에피소드가 있습니다. 사투리는 한국의 전라도 지방 사투리로 번역했습니다.

프롤로그

오늘도 덴류하마나코 철도 가케가와역에 열차가 들어온다.

열차가 서서히 속도를 늦추다 완전히 멈춰 서면 열차에서 내린 사람들이 저마다 목적지를 향해 바쁘게 개표구를 빠져나간다.

아직 내리지 않은 승객은 한 사람.

십 대로 보이는 여자아이가 감았던 눈을 천천히 뜨더니 고개를 들어 주위를 둘러본다.

나는 계단을 내려오는 아이를 향해 고개를 숙였다.

"추억 열차에 탑승해 주셔서 감사합니다. 저는 역무원 니토라고 합니다."

내가 인사를 건네면 승객들은 저마다 다른 반응을 보인다.

우선 종착역의 전설을 굳게 믿고 열차에 탄 사람은 눈을 반짝반짝 빛낸다. 저 앞에서 자신을 기다릴 소중한 사람을 떠올리며 기쁨의 눈물을 흘리기도 하고, 때로는 주저앉아 펑펑 울기도 한다.

반면 전설을 믿지 못한 채 열차에 오른 승객의 얼굴에는 여전히 의심이 서려 있다. 다만 그 안에는 작지만 분명한 희망 또한 숨겨져 있다.

눈앞에 있는 아이가 당황한 표정으로 나직이 물었다.

"저기…. 친구에게 들었어요. 만나고 싶은 사람을 생각하면서 가케가와역까지 가면 다시 만날 수 있을지도 모른다고…."

믿고 싶지만 믿기 힘들기 때문일까? 목소리가 점점 작아지다가 마지막에는 거의 들리지 않았다.

"그분도 승객분을 만나고 싶어 하십니다."

"정말요? 그걸 어떻게 아세요?"

현실에서 일어나기 힘든 일을 우리는 '전설'이라고 부른다.

처음 세상에 태어났을 때는 무엇이든 순순히 받아들이던 사람도 어느 순간부터 눈으로 확인할 수 없으면 전부 '없었던 일'로 치부하며 현실을 살아간다.

"이곳이 종착역이기 때문이죠. 저는 오랜 세월 종착역의 전설을 믿고 이곳을 찾아 준 분들을 안내해 왔습니다."

오랜 세월이라는 말에 의아한 눈빛으로 다시 나를 위아래로 훑어본 아이가 부끄럽다는 듯 시선을 떨구었다.

"소중한 사람을 생각하면서 개표구 밖으로 나가 보세요. 기다리는 분이 계실 겁니다."

"정말…이죠?"

천천히 걸음을 뗀 아이의 발걸음이 점차 빨라지더니 갑자기 뛰기 시작했다.

서두르지 않아도 괜찮다. 당신의 소중한 그 사람이 분명 두 팔을 벌리고 기다리고 있을 테니까.

우리는 인생이라는 긴 여행을 하며 많은 사람을 만난다.

그중에는 인사조차 생략할 만큼 가깝고, 서로를 격려하며 함께 인생길을 걸어가는 사람도 있다. 그리고 살다 보면 같은 풍경을 보며 웃던 그와 갈림길에서 헤어져야 하는 순간도 찾아온다.

만약 당신이 소중한 사람을 두 번 다시 만날 수 없다는 슬픔에 빠져 주저앉아 있다면 종착역으로 가 보라.

종착역의 전설은 믿는 이에게만 찾아오는 기적이니까.

차례

프롤로그 • 7

첫 번째 이야기
이번 역은 종착역인 가케가와역입니다 • 12

두 번째 이야기
이별 선언 • 82

세 번째 이야기
종착역의 전설 • 135

네 번째 이야기
명탐정에게 보내는 도전장 • 198

에필로그 • 268

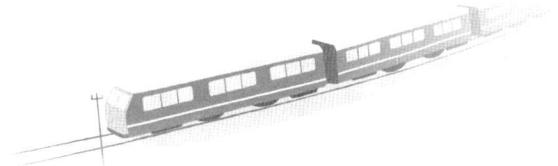

첫 번째 이야기

이번 역은 종착역인 가케가와역입니다

시노다 미쿠(십사 세)

  삼월 하순에 접어들었는데도 이곳은 여전히 지긋지긋한 겨울이 달라붙어 있다.
  오늘도 아침부터 비가 내린 탓에 등교할 때부터 몸이 덜덜 떨릴 만큼 추웠다. 하교 시간이 가까워진 지금도 여전히 발끝에서 스멀스멀 냉기가 올라온다.
  뉴스에서는 온난화가 심각하다고 떠들어대지만, 이곳의 계절은 언제나 제자리걸음이다. 어서 빨리 봄이 왔으면….
  "추워 죽겠네."
  몸을 동그랗게 말고 자리에 앉아 있는데, 아야가 가방을 손에 든 채 다가왔다.

"미쿠, 집에 안 가?"

"응, 조금만 더 있다 가려고."

"아아, 너희 엄마 오늘 쉬시나 보네. 그래서 집에 가기 싫은 거지?"

옆자리에 털썩 앉는 아야에게 씁쓸한 표정을 지어 보였다.

"같이 있는 시간을 줄이는 게 서로를 위해서 좋아."

"여전히 사이가 별로인가 보네. 벌써 일 년 넘게 싸우고 있지 않아?"

"싸우다니? 내가? 그냥 얼굴 보고 평범하게 얘기도 하고 밥도 같이 먹는걸. 단지 대화가 길어지면 분위기가 싸해지니까 조심하는 것뿐이야."

내 생각에도 유치하긴 하다. 벌써 중학교 이 학년, 다음 달이면 삼 학년이 되는데 아직도 사춘기 어린애처럼 굴고 있으니까.* 아니, 어쩌면 진짜 반항기인지도 모르겠다.

"너희 엄마가 옛날부터 잔소리가 좀 심하기는 하셨지."

기타자토 아야, 초등학교 때부터 친구라 어릴 때 집에 자주 놀러 왔던 아야는 우리 엄마가 얼마나 엄한지 잘 알고 있다.

"초등학생 때는 '너도 이제 초등학생이잖니'라더니, 중학생이 되니까 '중학생씩이나 돼서는' 이라더라. 요새는 '내일모레면 고등

---
* 일본의 학기 시작은 사월이다.

학생이면서'라는 말까지 추가됐잖여. 입만 열면 잔소리를 쏟아내불어서 진짜 못살겠당께!"

"아! 또 나왔다. 사투리!"

배시시 웃는 아야의 머리가 가볍게 찰랑이면서 어깨 끝을 스쳤다. 오늘처럼 비가 오는 날에도 머리카락에 매끄럽게 윤기가 흐른다.

"어쩔 수 없잖아. 할머니 손에 자랐으니까."

아랫입술을 삐죽 내민 나는 괜히 죄 없는 머리끈만 만지작거렸다.

"그러고 보니, 너희 할머니가 요양원에 들어가시고부터 엄마랑 사이가 더 나빠진 것 같아."

"맞아." 대답 뒤로 한숨이 이어졌다.

다정한 우리 할머니. 할머니는 바쁜 부모님 대신 나를 키워 주신 분이다. 웃을 때마다 눈가에 주름이 자글자글 잡히고, 따끔하게 꾸지람할 때조차 자분자분한 말투에서 따스함이 묻어나곤 했는데… 하지만 지금은 같이 살지 않는다.

작년 봄, 할머니는 이곳에서 열차로 한참을 가야 하는 곳에 있는 요양원으로 들어가셨다. 요양원의 이름은 여러 번 들었지만, 왠지 모를 거부감 때문에 일부러 기억하지 않으려 했다.

그 뒤로 마치 완충제가 사라진 것처럼 엄마와 계속 부딪치기만 한다.

이번 역은 종착역인 가케가와역입니다

"할머니한테 가서 조언을 좀 구해 봐. 그 요양원이 어디라고 했지?"

"모리마치."

내가 사는 밋카비초는 하마마쓰시에 속하고, 할머니가 계신 모리마치는 슈치군에 속한다. 자전거로 가기에는 먼 거리고 열차를 타고도 한참을 가야 한다.

"진짜? 왜 그렇게 먼 곳에 모셨어?"

"나도 몰라. 엄마 아빠가 정한 거니까."

애당초 내게는 아무 말도 하지 않았다. 할머니가 집을 떠난다는 사실조차 입소 절차가 다 끝난 후에야 알았다. 그때 부모님이 내민 팸플릿에 찍혀 있던 '사설 노인 요양 시설'이라는 글자가 지금도 기억 속에 생생히 남아 있다.

"아…, 너무하네."

아야가 손거울을 꺼내 앞머리를 매만지며 말을 이었다.

"아무튼 이제 곧 봄방학이니까 뵈러 다녀오면 되잖아."

월요일에 종업식을 하고 나면 짧지만 봄방학이다. 아야 말대로 할머니를 만나러 갈 시간은 충분하다. 하지만….

"아마 못 갈 거야. 그동안 한 번도 안 갔는걸."

요양원으로 가는 날 아침에 본 모습이 마지막이었다. 젓가락이 그릇에 부딪히는 소리와 누군가의 한숨, 신문 넘기는 소리만이 들리던 그날 아침, 무거운 분위기에 짓눌려 밥이 제대로 넘어가지 않았었다.

"왜?"

뒤에서 불쑥 튀어나온 목소리에 고개를 돌려 보니 언제 왔는지 스도 하루토가 서 있었다. 줄곧 육상부 활동을 해 온 탓에 여름도 아닌데 피부가 까맣게 그을려 있다. 짧게 깎은 헤어스타일은 예나 지금이나 변함없지만, 키는 혼자 쑥 자라서 차이가 계속 벌어지는 중이다.

하루토와는 어릴 적부터 알고 지낸 사이다. 중학생이 되면서 예전처럼 같이 노는 일은 없어졌지만….

"뭐가?"

"왜 하루 할매를 만나러 가지 않느냐고."

이름이 비슷하기 때문인지 하루토는 예전부터 우리 할머니를 '하루 할매'라고 부른다. 우리 집에 놀러 왔을 때도 할머니 뒤만 졸졸 따라다니던 녀석이다.

"너랑은 상관없는 일이야. 남 얘기에 끼어들지 마."

"나 부르러 온 거지? 이제 연습 끝났어?"

손거울을 집어넣은 아야가 자리에서 일어서며 물었다.

"응, 리쿠가 찾더라."

"비 오니까 좋다! 그럼, 난 먼저 간다."

발랄하게 손을 흔든 아야가 그대로 총총히 교실을 나갔다.

하루토와 같은 육상부원인 옆 반 구스노 리쿠는 아야의 남자 친구다. 비 오는 날은 연습이 빨리 끝나니까 기다렸던 모양이다.

아야에게 남자 친구가 생긴 건 분명 축하할 일이지만, 이럴 때는 친구를 뺏긴 것 같은 기분을 영 지울 수가 없다. 실제로 집에 같이 가는 날이 전보다 줄기도 했고.

"데이트하나 보네. 좋겠다."

부럽다는 얼굴로 아야를 보던 하루토도 자기 자리로 가서 가방을 챙기기 시작했다.

"데이트라고 해 봤자, 이 근처에 놀 만한 곳도 없는데 뭐."

하마나구 밋카비초는 좋게 말하면 한적한 마을이고 달리 말하면 촌구석이다. 같은 하마마쓰시라고 해도 하마마쓰역 주변과는 딴 세상이다.

이곳은 하마나구라는 지명답게 교실에서도 넓게 펼쳐진 하마나호湖가 보이고, 반대쪽은 산으로 둘러싸여 있다. 가장 가까운 역인 밋카비역 주변에도 놀 만한 곳은 하나도 없다. 극장이나 피시방에 가려면 열차를 갈아타야 하니 이보다 불행한 중학생이 또 있을까 싶다.

"그래니스 버거에라도 가겠지."

하루토가 밋카비역 안에 있는 햄버거 가게 이름을 꺼냈다.

"거기는 교복 입고는 못 들어가. 지금은 영업시간도 아니고."

"아, 그래? 가 본 적이 없어서 몰랐어."

이 애 머릿속에는 온통 육상 경기 생각밖에 없다. 종목은 사백

미터 허들이라는데 멀리서 봐도 탄탄한 다리 근육이 제일 먼저 눈에 들어올 정도다.

나도 모르게 시선이 하루토 다리에 꽂혀 있다는 사실을 깨닫고는 창문 밖으로 휙 고개를 돌렸다.

어릴 때부터 알고 지낸 사이로 같은 학교에 다니고 집도 가깝다. 그저 그런 사이였을 뿐인데 이 학년이 되면서부터 이상하게 자꾸 신경이 쓰인다.

"그나저나 왜 안 가는 건데?"

"너랑은 상관없잖아."

말투가 쌀쌀맞아진 것도 그즈음부터다.

흔히 말하는 '썸'이나 '밀당'은 아니다. 그저 멋대로 설렜다가 실망했다가, 혼자 북 치고 장구 치는 중일 뿐. 친하게 지내던 남자애가 많지 않다 보니 어쩔 수 없이 신경이 쓰인다.

족히 수백 번은 아니라고 스스로 부정해 봤지만, 사실은 나도 알고 있다. 등교할 때나 쉬는 시간에, 방과 후 운동장에서 나는 늘 하루토의 모습을 찾는다.

"하루 할매, 편찮으신 거지?"

하루토가 방금까지 아야가 있던 자리에 앉았다.

"응."

삼 년 전부터 깜빡깜빡하는 일이 잦아졌다. 처음에는 연예인 이름이 생각나지 않거나 엄마에게 부탁받은 일을 잊어버리는, 사소한 건망증 정도였다. 그러다 가스불을 켜둔 채 잊어버리는 일이 잦아졌고, 병원 검사 끝에 알츠하이머형 치매 진단을 받았다.

그날부터 할머니의 삶은 비탈길에서 굴러떨어지듯 빠르게 변해 갔다. 마치 남의 집에서 신세 지는 사람처럼 안절부절못하며 돌아가고 싶다는 말만 계속 중얼거렸다.

한밤중에 일어나 밖으로 나가려고 했고 화장실을 찾지 못해 집 안을 헤매기도 했다. 아이처럼 우는 할머니의 뒷모습을 자주 보게 됐다.

"보러 가 봤자 소용없어. 내 이름도 잊어버리셨는걸."

"머리로는 잊어버리셨어도 마음은 기억하고 계실 거야."

"그런 가식적인 말 듣고 싶지 않아. 아무것도 모르면서 잘난 척 하지 마."

할머니는 매일 아침 나를 볼 때마다 무서워했다. 그다지 사이가 좋지도 않았던 엄마 뒤에 숨어서 나와는 눈도 마주치려 하지 않았다.

치매라는 병은 할머니에게서 웃음을 빼앗아 갔다. 머리로는 이해했지만 두려움에 떨며 나를 보던 할머니의 눈빛이 지워지지 않는다.

요양원으로 만나러 가도 그때와 똑같을 뿐이다. 더는 예전처럼 할머니와 마주 보고 함께 웃을 수 없다. 그것이 현실이라면 차라리 만나지 않는 편이 나았다.

"그럼, 건강했을 때의 하루 할매를 만나러 가는 건 어때?"

좋은 생각이 났다는 듯 하루토가 눈을 크게 떴다.

"뭐야, 타임 슬립이라도 하라고? 네가 보는 애니메이션 얘기야?"

"아니, 전설."

"전설?"

힘 있게 고개를 끄덕인 하루토가 얼굴을 가까이 들이댔다.

"기억 안 나? 종착역의 전설. 하루 할매가 들려줬잖아."

"응…?"

그러고 보니 예전에 하루토와 아야가 집에 놀러 왔을 때 할머니가 얘기해 준 적 있었던 것도 같다. 무슨 내용이었더라…?

잠시 생각에 잠겨 있던 하루토가 눈빛을 반짝이며 손가락을 치켜세웠다.

"추억 열차를 타고, 보고 싶은 사람을 간절히 그리며 종착역까지 가면, 만날 수 없는 사람이라도 다시 만날 수 있다!"

뭐야…, 그런 허무맹랑한 얘기였던가? 잠깐이라도 기대했던 내가 바보지.

"전설은 실제로 일어나지 않아서 전설이 된 거야."

"전설은 믿는 사람에게만 현실이 된다! 몰라?"

명언이라도 되는 듯 의기양양하게 턱을 치켜든 하루토가 다시 손가락을 세웠다.

이번 역은 종착역인 가케가와역입니다

"너 다른 전설도 들어 본 적 없어? 구름 한 점 없는 날 노을이 질 때 슨자역에 가면 세상을 떠난 사람을 다시 한번 만날 수 있다는 얘기는? 마지막 만찬을 대접하는 푸드트럭 이야기도 있잖아."

우리가 사는 지역에는 옛날부터 전해져 내려오는 전설이 몇 가지 있다. 다만 나는 그런 정보에는 귀를 닫고 살았다. 어릴 때부터 귀신이라면 질색이었으니까. 눈에 보이지 않는 존재는 무조건 부정했고, 그러다 보니 어느새 산타클로스나 견우와 직녀까지 같은 범주에 들어가 버렸다.

"너 내가 그런 얘기 싫어하는 거 몰라? 그리고 우리 할머니는 아직 돌아가시지 않았거든!"

욱하는 마음에 눈을 뾰족하게 뜨고 노려봤지만, 하루토는 조금도 개의치 않고 빙긋 입꼬리를 올렸다.

"종착역의 전설은 살아있는 사람을 만날 수 있다는 건데? 심지어 내가 보고 싶었던 때의 모습으로 만날 수 있다고."

"보고 싶었던 때의 모습? 그게 무슨 말이야?"

하루토가 고개를 갸웃했다.

"글쎄. 하루 할매가 해 준 이야기 중에 기억나는 건 보고 싶은 사람을 생각하면서 덴하마선을 타고 가케가와역까지 가야 한다는 것뿐이라…."

가케가와역은 덴류하마나코 철도 상행선 종착역이다. 이곳에서 서른 정거장이나 떨어진 곳이고 열차표 값만 왕복 삼천 엔(한화로 약 이만 팔천 원) 정도는 한다. 용돈으로는 빠듯하다는 뜻이다.

"나 같은 현실주의자가 확실하지도 않은 그런 전설을 믿을 거라고 생각해?"

병에 걸린 할머니는 나를 잊어버렸다. 그뿐만이 아니다. 이제 나는 할머니에게 낯선 사람일 뿐이다. 때로는 나를 보며 두려워했고, 이유도 모른 채 나를 밀어내기도 했다. 내가 무섭고 싫어서 집을 떠났다. 이것이 현실이다.

하지만 하루토는 물러서지 않았다.

"그래도 시도해 볼 만하잖아. 한번 해 봐."

권하는 표정은 또 어찌나 해맑은지.

"택도 없는 소리 허지 말라 했는 거, 그거 기억 안 나냐잉?"

"하하하, 너는 꼭 당황하면 사투리 쓰더라."

재밌다는 듯 웃는 하루토를 다시 한번 노려보고 자리에서 일어섰다.

집에나 가야겠다. 무언가를 해서 괜히 상처받는 일은 이제 그만하고 싶다. 매일 아침 할머니에게 말을 걸 때마다 암울해졌던 현실은 변하지 않을 테니까.

나는 처음부터 할머니가 없었다고 생각하기로 했다.

"그러는 너야말로 그 전설대로 해서 할머니를 만나면 되겠네."

"나야 직접 가서 하루 할매를 뵙고 있으니까 전설의 힘까지 빌릴 필요 없지."

이번 역은 종착역인 가케가와역입니다

어깨를 으쓱하며 태연하게 내뱉은 하루토의 말에 순간 얼어 버렸다.

"뭐? 할머니가 계신 요양원에 갔다고?"

"모리마치까지 너무 멀어서 자주는 못 가지만 가끔. 네가 직접 뵈러 가면 나도 이런 얘기 꺼내지 않아."

하루토가 할머니가 있는 요양원에 갔었다니, 전혀 몰랐다.

"그, 그랬구나."

놀란 나머지 말도 제대로 나오지 않았다.

"그러니까 너도 가끔 가 봐. 분명 반가워하실걸?"

"할머니는… 건강…하셔?"

"음, 그럭저럭. 물론 날 알아보지도 못하시고, 주무시고 계실 때가 많기는 하지만. 지난달에는 검사 때문에 입원하셔서 뵙지 못했는데 그래도 이번 달에는 얼굴 뵀어."

"그랬구나…. 아! 가 봐야겠다."

후다닥 말을 끊고 교실 밖으로 도망쳤다. 세찬 빗소리가 복도 안까지 쏟아졌다.

명색이 손녀이면서 단 한 번도 할머니를 찾아뵙지 않았다. 입원하셨다는 소식조차 모르고 있었다. 하루토가 나를 위로하려 한 말일 텐데 퉁명스럽게 받아치기만 했을 뿐 고맙다는 말 한마디 하지 못했다.

언제나 그렇듯 후회는 나중에야 소리 없이 밀려온다. 그런 나를 꾸짖듯 빗소리가 귓가를 떠나지 않았다.

고등학교 선생님인 엄마는 집에 돌아와서도 선생님이다.

아빠와 셋이 저녁을 먹을 때조차 흐트러짐이 없다. 머리는 단정하게 하나로 묶고 의자 등받이에 기대지 않고 앉아서 습관처럼 손가락으로 안경을 고쳐 올린다. 화가 난 듯 딱딱하게 굳은 표정에, 미간에는 항상 세로로 금이 그어져 있다.

"고등학교는 어디로 갈지 정했니?" "봄방학 숙제는 다 했어?" "모의고사 결과는?"

엄마가 던지는 똑같은 질문들은 이제 지긋지긋하다. 내가 뭐라고 대답하든 어김없이 설교 시간이 시작된다. 그때마다 '다 너를 위해서'라고 강조하지만 내게 도움이 됐던 적은 단 한 번도 없다.

사정이 이렇다 보니 나는 저녁마다 빨리 먹기 대회에 참가한다. 빨리 이층 내 방으로 도망쳐야 한다는 일념으로 허겁지겁 밥을 밀어 넣는다.

그래도 늦게 얻은 딸이라 그런지 아빠는 언제나 내 편이다. 엄마가 열을 올리기 시작하면 어떻게든 중재해 보려고 애를 쓴다. 그러다 도리어 엄마에게 된통 잔소리를 듣기는 하지만.

오늘 저녁 메뉴는 생선구이와 다진 고기를 넣은 무조림, 두부된장국이다. 평일에는 진공 포장된 반찬이 배달되기 때문에 저녁 식사 준비는 밥을 짓고 된장국만 끓이면 끝이다. 할머니가 가스불을 사용하지 못하게 되면서 반찬 배달 서비스를 신청했는데 지금도 계속 이용 중이다.

할머니가 건강했을 때는 저녁 시간이 제일 즐거웠다. 그때는 엄마 잔소리도 지금처럼 심하지 않았고, 할머니에게 그날 있었던 일을 조잘조잘 풀어놓으면서 먹는 밥은 언제나 맛있었다. 하지만 할머니가 치매 진단을 받기 얼마 전부터 조금씩 어색해진 저녁 식사 자리는 할머니가 집을 떠난 뒤로 완전히 싸늘해졌다.

문득 하루토가 말했던 종착역의 전설이 떠올랐다. 애써 머릿속에서 몰아내도 어느새 다시 들어와 있다.

건강했던 할머니를 다시 만날 수 있다면….

말도 안 돼. 내가 지금 무슨 생각을 하는 거지? 큼지막한 무 조각을 집어 입안으로 밀어 넣었다. 요즘 세상에 누가 그런 전설을 믿는다고.

"한심하기는…."

혼잣말로 작게 중얼거리며 이번에야말로 생각을 깨끗이 지웠다.

"미쿠."

엄마 목소리에 반사적으로 흠칫 몸을 떨었다. 방금 한 말이 들렸나 싶어 불안했는데 두 손으로 찻잔을 쥔 엄마가 곤란한 표정으로 뭔가 하고 싶은 말을 망설이는 듯 보였다.

새치 염색을 하지 않아서 점점 하얗게 덮여 가는 머리와 옅은 화장 탓에 엄마는 실제보다 나이가 더 들어 보였다.

"왜?"

내가 짧게 대답하자 엄마가 시선을 돌려 아빠를 바라봤다. 그제야 아빠의 표정도 굳어 있다는 사실을 깨달았다.

엄마의 재촉을 받은 아빠가 "저기" 하고 말을 꺼내다가 갑자기 요란하게 기침을 쏟아냈다. 차를 한 모금 마시고 겨우 기침을 진정시킨 아빠가 흘끔흘끔 엄마 눈치를 보며 다시 입을 열었다.

"할머니께서 말이야. 상태가 별로 좋지 않으셔."

"어…?"

"너한테는 말 안 했는데 폐렴에 걸리셔서 한 달 동안 입원하셨었거든."

"폐렴? 검사 때문에 입원하셨던 거 아니었어?"

하루토는 분명 그렇게 말했었다. 내 질문에 조용히 고개를 끄덕인 아빠는 자기 역할은 끝났다는 듯 다시 수저를 들었다.

"너, 하루토가 다녀간 거 알고 있었구나?"

"오늘 들었어."

엄마에게 대답한 순간 왠지 가슴 언저리가 답답하게 조여 왔다. 왜 이런 얘기를 하는 걸까. 퇴원했다면 이제 괜찮다는 뜻 아닌가?

엄마가 조용히 받침대에 젓가락을 내려놓았다.

"흡인성 폐렴이라는데, 음식물이 폐로 들어가서 열이 심하게 나셨어. 하루토가 걱정할까 봐 검사 때문에 입원하셨다고 했던 거야."

이번 역은 종착역인 가케가와역입니다

그러고는 다시 발언권을 아빠에게 넘긴다는 듯 눈으로 신호를 보냈다.

평소 다정한 부부도 아니면서 껄끄러운 이야기를 할 때만큼은 동맹 관계가 되는 두 사람이다. 이럴 거면 평소에도 좀 사이좋게 지내면 좋을 텐데….

"이번 달에 퇴원하셨는데 이제 입으로는 음식을 넘기지 못하셔. 지금은 위에 구멍을 뚫어서 영양분을 주입하는 상태야."

"그걸 '위루관'이라고 해."

엄마가 다시 끼어들었다. 무슨 말이든 해야 한다고 생각은 했지만, 실제로는 조용히 고개를 주억이는 게 고작이었다.

할머니가 아무것도 드시지 못한다니….

함께 핫케이크를 만들어 먹었던 기억이 소리 없이 머릿속을 채웠다. 밀가루를 뒤집어쓴 채로 달콤한 시럽을 듬뿍 뿌려서 핫케이크를 먹었던 그날. 너무 먹은 탓에 저녁을 먹지 못해서 엄마에게 바로 들켰었다.

"아무래도 얼마 남지 않으신 것 같아."

텔레비전이 팟 하고 꺼지듯 그날의 영상이 순식간에 사라졌다. 천천히 고개를 들어 아빠를 보았지만 시선을 피하셨다.

"얼마 남지 않았다니, 그게 무슨 소리야?"

"당장 돌아가시는 건 아니지만 점점 쇠약해지실 거래. 그러니까 미쿠…."

이번에는 아빠가 엄마에게 바통을 넘겼고, 엄마가 고개를 끄덕였다.

"그래서 이번 주 일요일에 다 같이 뵈러 갈 거니까 시간 비워 둬."

"어? 뭐야 갑자기. 그렇게 마음대로 정하는 게 어딨어."

할머니 일보다 일방적인 엄마의 통보에 더 화가 났다. 게다가 들으라는 듯 크게 한숨을 내쉬는 엄마를 보고 있자니 가슴이 더 답답해졌다.

"한 번도 뵈러 가지 않았잖아. 의사 선생님이 그러시는데 열도 떨어지지 않고 이러다 위에 있는 음식물이 역류해서 다시 폐렴을 일으킬 수도―."

"안 가."

"투정 좀 그만 부려!"

또 시작이다. 엄마와 대화하다 보면 마지막은 꼭 이렇게 언성이 높아진다.

이번에는 아빠도 끼어들지 않고 가만히 지켜보기만 한다. 나만 나쁜 사람이 된 기분이다. 가슴속에 맺힌 못된 말들이 무서운 기세로 목 끝까지 치고 올라왔다.

"할머니를 요양원에 보낸 건 엄마, 아빠잖아. 이제 고작 1년 지났어. 처음부터 이렇게 될 줄 알았던 거 아니야?"

"미쿠!"

이번 역은 종착역인 가케가와역입니다

엄마가 식탁을 내려쳤다. 그릇들이 깨질 듯이 덜그럭거렸다.

"나는 안 가. 뭐든 두 사람 마음대로 정하지 말라고!"

자리를 박차고 일어나 그대로 이층으로 도망쳤다. 뒤에서 엄마가 부르는 소리가 들렸지만, 방으로 들어가 문을 잠그고 침대에 누워 이불을 뒤집어썼다.

이제 와서 나보고 어떡하라고. 앙상하게 마른 할머니를 보면 가슴 아프기만 할 텐데. 만나면 전부 현실이 되어 버리잖아. 할머니랑 함께했던 소중한 기억이 깨져 버리면 어떡하냐고.

그럴 바에야 차라리 추억 속에 있는 할머니 모습만 간직하는 것이 낫다. 조용히 눈을 감았다. 지붕을 두드리는 빗소리가 귓가에 울렸다.

토독토독, 어릴 때 할머니가 불러주던 자장가처럼.

"뵈러 가면 되잖아."

내 얘기를 들은 아야가 뭐가 문제냐는 듯 말했다.

"싫어."

비가 한 번 내릴 때마다 해가 지는 시간이 조금씩 늦어졌다. 오늘은 오랜만에 하늘이 맑게 개었고, 수업이 모두 끝난 지금도 여전히 대낮처럼 환하다.

"왜? 너 그러다 나중에 후회한다."

"또 그 소리여? 나도 보고 싶당께. 보곤 싶은디, 못 보겄는 걸 어쩔 것이여!"

나도 모르게 사투리로 짜증을 쏟아내며 건강했던 할머니와 함께했던 기억을 떠올렸다.

친구들과 놀다가 늦게 들어오는 날이면 항상 집 앞에 나와서 나를 기다리던 할머니. 길게 늘어진 그림자 뒤로 저녁놀에 물든 하늘이 붉게 타오를 때 그 앞에 서서 늘 다정한 미소로 나를 반겨 주셨다.

지금의 할머니를 만나면 그 기억이 덧칠해질지도 모른다. 지워질까 두렵다.

"뭐, 네가 그렇게 정했다면 어쩔 수 없지만."

아야가 가볍게 어깨를 으쓱하더니 문득 무언가 떠올랐다는 듯 손뼉을 쳤다.

"그나저나 내 말 좀 들어 봐. 리쿠 말인데, 주말에도 육상부 연습한다고 거의 만나 주지를 않아. 말로는 미안하다고 하는데 진짜 만나고 싶으면 연습 끝나고라도 만나자고 해야 하는 거 아니야?"

무슨 말인가 했더니 남자 친구 얘기였다.

"뭐, 그렇지."

"날 안 좋아하는 걸까? 땀 냄새 날까 봐 신경을 쓰는지 연습 없는 날에만 만나려고 해. 그래서 요즘은 매일 비가 왔으면 좋겠어. 비 오는 날은 개인 연습이니까."

아야가 원망스럽다는 듯 창밖으로 하늘을 올려다봤다. 연애를

이번 역은 종착역인 가케가와역입니다

시작한 아야는 요즘 매일매일 예뻐지는 중이다.

"너야말로 네가 만나러 가면 되잖아. 육상부 연습이 끝날 시간에 맞춰서 짠, 하고 나타나면 되겠네."

"야, 어떻게 그래. 그건 꼭 스토커 같잖아."

아야가 까르르 웃음을 터트렸다.

"보고 싶다며."

"아무리 보고 싶어도 그건 아니지. 너는 사랑을 해 본 적 없어서 몰라."

다른 사람에게 조언은 할 수 있어도 막상 자기 일이 되면 다들 겁쟁이가 된다. 누군가를 그리워하는 사람은 특히 더 그렇다.

나도 그랬다. 아무리 매정하다고 비난해도 할머니가 있는 요양원에는 가고 싶지 않다. 더는 할머니와의 추억을 망가뜨리고 싶지 않다.

"이러면 어때? 내가 할머니 만나러 같이 가 줄 테니까 너도 나랑 같이 있자. 육상부 연습 끝날 때까지 같이 있어 줘."

"싫어. 그리고 난 빨리 가서 밥솥 취사 버튼 눌러야 해."

"그럼, 버튼 누르고 다시 올래? 아… 그건 좀 그렇지?"

혼자 결론을 내린 아야는 이대로 남자 친구를 기다릴 생각인 듯했다.

"아무튼 나는 네가 할머니를 뵈러 가는 게 좋을 것 같아."

일단 자기 일은 접어둔 아야가 내 고민의 결론도 내렸다.

왜 다들 내가 할머니를 만나길 바라는 걸까? 이제 와 만나 봤자 아무 소용 없는데.

아야를 두고 혼자 교문 밖으로 나오는데 운동장 쪽에서 야구부가 연습하는 소리가 들렸다. 그 너머로 육상부원들이 운동장 주위를 둘러싼 트랙을 뛰고 있었다. 허들이 설치되어 있지 않은 걸 보니 오늘은 하루토도 기초체력 훈련을 하는가 보다.

멀리 보이는 하늘이 주홍빛으로 물들기 시작했다. 초봄이지만 코트를 입어선지 조금 더웠다.

혼자 있으면 마음이 혼란스럽지 않아서 좋다. 누군가와 함께 있으면 말할 때마다 꼭 잘못을 지적당하는 기분이다. 조금 더 자신감을 가지고 당당해지고 싶은데 도무지 어떻게 해야 할지 모르겠다. 내게는 너무 어려운 일이다.

항상 즐거워 보이고 바쁜 와중에 할머니를 보러 갈 여유도 있는 하루토가 부럽다. 내가 누구보다 솔직하게 마음을 터놓을 수 있는 상대를 꼽자면 그건 하루토다. 하지만 절대 속마음을 들키고 싶지 않은 상대 또한 하루토다.

옛날처럼 유치한 농담을 주고받으며 같이 웃으면 좋을 텐데. 옆에 있어도 어색하지 않던 사이로 돌아갈 수는 없을까?

"내 탓인걸."

하루토에 대한 마음을 깨닫고 난 후로 나는 완전히 딴사람이 됐다. 전에는 어땠는지 생각나지 않을 정도로 무뚝뚝하고 차가워졌달까. 차라리 나도 할머니처럼 하루토에 대한 마음만 잊어버릴 수 있다면 좋겠다.

이런, 내가 지금 무슨 생각을 하는 거지? 최악이다. 할머니는 지금도 괴로워하고 있을 텐데.

할머니는 지금 뭐 하고 계실까? 열은 내린 걸까? 위루관이라는 건 아프지 않을까?

미안해, 할머니. 보고 싶은데 도저히 용기가 안 나.

"미쿠!"

울고 싶은 마음과 필사적으로 싸우고 있는데 등 뒤에서 부르는 소리가 들렸다. 돌아보니 유니폼을 입은 하루토였다. 바람처럼 뛰어온 그 애가 내 옆에 멈춰 섰다.

"너는 여전히 걸음이 빠르구나."

손으로 무릎을 짚은 하루토가 가쁜 숨을 몰아쉬었다. 갑작스러운 상황에 조금 당황스러웠다.

"왜? 용건이라도 있어?"

나를 만나려고 숨 가쁘게 뛰어온 사람에게 또 하나의 내가 쌀쌀맞게 물었다.

"마침 지나가길래. 지난번에 그랬잖아. 일요일에 하루 할매한테 간다고."

내 태도 따위는 신경 쓰지 않는다는 듯 하루토가 하얀 이를 보이며 활짝 웃었다. 그새 숨도 원래대로 돌아왔다.

"아빠랑 엄마만 가실 거야. 아야한테도 말했지만 나는 안 가."

"그래, 잘했어."

"뭐?"

틀림없이 아야랑 똑같은 말을 할 거라고 생각했는데…, 왠지 맥이 풀렸다.

"너는 옛날부터 한 번 정한 일은 바꾸지 않았잖아."

"내가… 그랬나?"

하루토가 몸을 바로 세웠다.

"초등학교 때 새끼 길고양이를 데려왔던 일 기억 안 나? 너희 엄마가 동물보호센터에 연락하려고 하니까 네가 필사적으로 말렸잖아. 주인을 찾을 거라고 고집을 부리더니 해가 졌는데도 포기하지 않았어. 결국 주인을 찾아 줬잖아."

기억한다. 그날 하루토가 늦게까지 같이 있어 줬다. 분명 집에 가서 많이 혼났을 텐데도 다음 날 원망 한마디 하지 않았다.

하루토도 그날을 기억하고 있었구나. 나도 모르게 지그시 올라가려는 입꼬리를 부여잡았다.

"그러니까 억지로 만나러 갈 필요 없어. 내가 가서 네가 어떻게 지내는지 전해드릴게."

"그러든지…."

"지난번에는 강요하는 것처럼 말해서 미안. 사과하고 싶어서 쫓아온 거야."

이번 역은 종착역인 가케가와역입니다

석양빛을 받은 땀방울이 반짝반짝 빛났다. 석양이 내 얼굴도 붉게 물들여 주었기를 바랐다.

하루토는 어릴 때부터 상냥했다. 내가 부모님에게 꾸중을 듣고 풀이 죽어 있으면 작은 몸으로 열심히 달래 주곤 했다.

나는 그때부터 이 애를 좋아했다. 하지만 하루토가 하루하루 어른이 되어 앞으로 나아가는 동안 나는 제자리에서 웅크리고만 있었다. 세상에서 제일 사랑하는 할머니를 보러 갈 용기조차 없는 나는 이 애에게 어울리지 않는다.

"강요당했다고 생각한 적 없어. 어차피 만나러 가지도 않았는데 뭐."

"그럼, 다행이고."

하루토가 운동장 쪽을 돌아봤다. 연습하다 말고 일부러 온 사람에게 친절한 말 한마디 건네지 못하는 내가 싫다.

"할머니한테 내 얘기 뭐라고 했어?"

내가 묻자 하루토가 손가락을 펴고 하나씩 접기 시작했다.

"음, 우선… 기말고사는 망쳤다고 말씀드렸고, 수업 중에 졸다가 혼났다는 거랑…."

"뭐? 내 흉만 봤다는 거야?"

"에이, 설마. 당연히 칭찬도 했지. 도시락도 남기지 않고 다 먹고, 쉬는 시간에 간식도 잘 챙겨 먹는다고 말씀드렸어."

"야!"

하하하, 하루토가 청량하게 웃었다. 그 웃음에 이끌려 나도 웃고 말았다.

"뭐, 그 정도야. 그럼 난 간다."

가볍게 손을 들어 인사한 하루토가 다시 운동장으로 달려갔다. 길게 늘어진 그림자가 그 애를 쫓아 함께 달렸다.

그랬다. 우리는 원래 이렇게 가벼운 농담과 우스갯소리를 주고받는 사이였다. 하루토를 좋아하게 되면서 살짝 어색해지긴 했어도 계절이 바뀌듯 언젠가는 이 마음도 변할 테고, 다시 소꿉친구로 돌아가게 되면 뭐라 설명할 길 없는 이 답답함도 사라지겠지.

그렇게 생각하니 지금을 즐기지 못하는 내가 조금 불쌍해졌다.

오랜만에 할머니 꿈을 꿨다.

초등학생 때 학교를 마치고 돌아오던 길에 할머니와 슈퍼에 들렀던 날이다. 어떻게 꿈이라는 걸 알았는지는 모르겠지만, 계산대에서 돈을 내미는 할머니를 보고 그냥 그런 생각이 들었다.

어깨에 멘 책가방이 무거워서 빨리 집에 가고 싶은데, 할머니가 지갑을 연 채로 얼음처럼 굳어서 꼼짝도 하지 않았다.

"천오백이십육 엔입니다."

계산대 앞에 선 여자가 퉁명스러운 목소리로 다시 말했다.

잠시 더 망설이던 할머니가 만 엔짜리 지폐를 꺼냈다. 지갑에 잔돈이 가득 있었는데도….

이번 역은 종착역인 가케가와역입니다

잔돈을 잔뜩 받아 든 할머니가 느릿느릿 내 앞으로 돌아왔다.

"이리 줘."

할머니 손에 든 잔돈이 떨어질 것 같아서 얼른 바구니부터 받아 들었다.

물건들을 장바구니에 담고 가게를 나와 집으로 가는 도중에 할머니가 혼잣말처럼 중얼거렸다.

"요즘 자꾸 깜빡깜빡한당께."

"뭘?"

"다 그라제. 돈 셈도 그렇고, 오늘이 며칠인지도 모르겠고, 어제도 가스불을 그냥 켜놨당께."

엄마가 할머니에게 그렇게 무섭게 화내는 모습은 처음 봤다. 나도 같이 혼난 것 같아서 어젯밤은 평소보다 더 캄캄하고 길었다.

"조심하면 되지."

일부러 밝게 목소리를 높였지만, 축 처진 할머니의 어깨는 펴지지 않았다.

"앞으로 점점 더 잊어불 텐디, 우짜겠냐. 요즘은 문득문득 겁이 난당께."

"그럼, 나도 잊어버릴 거야?"

장바구니를 흔들며 내가 그렇게 물었을 때 할머니는 "그럴 리가 있겠냐."라며 웃었다.

"우리 미쿠는 절대 안 잊아부리지."

하지만 목소리는 끊어질 듯 가늘었고 불안하게 흔들렸다.

그래도 믿었다. 아빠, 엄마랑 지낸 시간보다 나와 함께한 시간이 더 길었으니까 괜찮을 거라고, 분명 괜찮을 거라고 믿었다.

"잊어버리지 않게 내가 얘기 많이 해 줄게."

"아이고, 내 새끼. 참말로 기특혀다, 기특혀."

할머니와 내 그림자가 땅 위에 길게 그려졌다. 오늘 본 하루토의 그림자처럼. 어? 오늘…?

"아! 이거 꿈이지!"

내가 멈춰 서자 할머니가 이상하다는 듯 돌아봤다.

"미쿠?"

할머니 뒤로 붉은 석양이 타올랐다.

만나러 가지 않아서 미안해.

사실은 그렇게 말하고 싶었다.

하지만 입이 떨어지지 않았다. 나는 대신 할머니를 향해 활짝 웃었고, 할머니도 나와 똑같이 환하게 웃었다.

꿈은 그렇게 끝나갔다.

일요일 새벽 다섯 시 반, 결심을 굳힌 나는 조심스럽게 현관문을 열고 밖으로 나왔다. 밖은 아직 깜깜한 밤이다.

어제 엄마가 오늘은 무조건 할머니를 뵈러 가야 한다고 못을 박았기에 부모님이 일어나기 전에 집을 나섰다.

이번 역은 종착역인 가케가와역입니다

삼월 하순인데도 한겨울처럼 쌀쌀하다. 니트 카디건을 단단히 여미고 자전거에 올라타서 밋카비역을 향해 달렸다. 첫차를 타려면 아직 한 시간 가까이 남았으니 일단 역사 계단에 앉아 기다릴 생각이었다.

계단에 앉아서 보니 가로등 불빛이 왼편으로는 장례식장을, 정면으로는 망한 파친코 가게를 비추고 있다.

"정말 싫다…."

할머니 만나기 싫어서 가출까지 하다니, 아무리 생각해도 매정하기 짝이 없는 손녀다. 하지만 도저히 지금의 할머니를 마주 볼 자신이 없다.

어제는 오랜만에 할머니 꿈을 꿨다. 초등학교 육 학년 어느 날이었다. 할머니의 건망증이 날이 갈수록 심해지던 당시, 복어 배처럼 불룩해진 할머니의 잔돈 지갑을 보며 걱정했던 기억이 지금도 생생하다.

치매라는 병은 왜 생기는 걸까. 사랑하는 가족을 잊어버리는 병이라니 이토록 잔인한 병이 또 있을까.

나는 할머니의 기억에서 지워졌다. 그다음은 아빠였고, 엄마는 요양원으로 가시는 날 아침까지 기억했다.

지금이라고 달라졌을 리 없다. 만나러 가면 겁먹은 눈으로 나를 가리키며 "쟤는 누구야?"라고 묻겠지.

할머니는 나를 사랑하지 않았던 걸까? 하얗게 쏟아진 한숨이

어두운 허공 속으로 흩어졌다.

이 근처에 있으면 엄마의 레이더망에 걸릴 가능성이 크니, 첫차를 타고 하마마쓰역에라도 갈 생각이었다. 거기까지 찾으러 오지는 않을 테니까.

해가 뜨기 시작하면서 눈에 보일 만큼 빠르게 밤이 물러갔다. 하늘에 떠 있던 별들이 빛을 잃고 세상이 조금씩 원래의 색을 찾아갔다. 상쾌한 공기를 들이마시자 답답했던 가슴이 조금이나마 뚫리는 듯도 했다.

그때 길 건너편에서 누군가 뛰어오는 모습이 시야에 들어왔다.

설마, 엄마가…?

신경을 빠짝 곤두세우려던 순간, 실루엣의 주인을 알아봤다. 하루토였다.

"안녕!"

운동복 차림의 하루토가 내가 여기 있는 줄 알고 있었다는 듯 태연히 인사를 건넸다.

"안녕…이 아니라, 네가 여기는 무슨 일이야?"

"여기? 내 조깅 코스거든."

계단을 올라온 하루토가 자연스럽게 내 옆에 앉았다. 뛰어와서인지 가쁜 숨을 짧게 몰아쉰다.

"그러는 넌 여기서 뭐 해?"

"그냥, 뭐."

이번 역은 종착역인 가케가와역입니다

"하루 할매한테 가기 싫어서 임시 가출이라도 했냐? 설마 첫차 타고 하마마쓰로 도망칠 계획은 아니지?"

"소꿉친구는 이럴 때 제일 정떨어지는 거 알아?"

하루토는 옛날부터 내가 무슨 생각을 하는지 꿰뚫어 보곤 했다. 그러니 내 마음을 들키지 않으려고 더 필사적으로 감출 수밖에.

하하하, 소리 내서 시원하게 웃던 하루토가 몸을 낮춰 내 얼굴을 들여다봤다.

"여전히 전설은 믿지 않는구나?"

"전설? 아… 또 그 얘기야? 너도 참 끈질기다."

"내가 얼마나 끈질긴지 잘 알잖아. 우리가 괜히 소꿉친구겠어?"

"알지."

소꿉친구라서 잘 안다고 그렇게 당당히 말하면서 왜 내 마음은 모르는 건지… 아니다. 몰라서 다행인 건가.

내 반응에 어깨를 으쓱한 하루토가 주머니에서 봉투 한 장을 꺼냈다.

"너희 집 우편함에 넣으려고 갔는데, 자전거가 없더라고."

"뭐야. 그걸 보고 내가 여기 있을 거라고 생각했다는 거야?"

하루토가 내민 하얀 봉투에는 "미쿠에게" "하루토가"라고만 적혀 있었다. 안에는 '1일 정액권'이라고 찍힌 승차권 한 장만 들어 있었다.

"이 표가 있으면 하루 동안 덴하마선 열차를 무제한으로 탈 수 있어. 가케가와역까지 갔다가 돌아올 수도 있다는 거지."

"그 말은…."

"유효기간은 삼 개월이니까 오늘 꼭 쓰지 않아도 돼. 아니면 지금 요양원으로 할머니를 만나러 가도 되고."

"필요 없어."

나는 봉투와 표를 도로 내밀었다. 하루토가 내 손을 피하듯 자리에서 일어섰다.

"필요 없으면 지금 하마마쓰로 가는 길에 쓰든지. 그런데 어차피 특별한 계획이 없다면 한번 시도해 보지 그래?"

"싫다고 했잖아."

아침 햇살 아래에 선 하루토가 씁쓸하게 웃었다.

"이것도 필요 없다, 저것도 싫다. 너도 참 한결같다. 뭐, 그게 너답기는 하지만."

그 말을 끝으로 계단을 내려간 하루토는 계단 아래에서 손을 들어 인사하고는 다시 달리기 시작했다.

나는 입을 꾹 다문 채 건네받은 표를 내려다봤다.

하루토는 옛날부터 그런 부류의 이야기를 좋아했다. 하지만 아무리 그래도 진짜 표를 줄 정도로 믿고 있는지는 몰랐다.

─이것도 필요 없다, 저것도 싫다. 너도 참 한결같다.

조금 전 그 애의 말이 다시 나를 아프게 찔렀다. 가장 솔직하게 속마음을 털어놓고 싶은 상대 앞에서도 나는 늘 튕겨내기만 한다.

이번 역은 종착역인 가케가와역입니다

표 하단에 가격이 찍혀 있었다. 부족한 용돈을 아껴서 일부러 샀을 텐데….

이왕 이렇게 된 거 한번 해 볼까? 해 보고 역시 전설은 그저 전설일 뿐이었다고 말해 주는 것도 나쁘지 않을 듯하다.

나는 개표구가 열리기를 기다렸다가 승강장으로 나갔다. 눈 앞에 펼쳐진 하늘에 이제 막 얼굴을 내민 해가 낮게 떠 있었다. 그것만으로도 얼었던 몸이 조금 녹는 듯했다.

멀리서 열차가 들어오는 소리가 들렸다. 잠시 후 위아래는 녹색, 가운데 부분은 오렌지색으로 칠해진 열차가 천천히 승강장으로 들어왔다.

일요일 첫차라 그런지 승객이 거의 없었다. 자리에 앉자 덜컹하는 작은 흔들림과 함께 열차가 움직이기 시작했다.

지금 내게 주어진 선택지는 세 개다. 니시카지마역에서 엔슈 철도로 갈아타고 신하마쓰역으로 가는 선택이 첫 번째고, 엔슈모리역에서 내려 할머니가 있는 요양원에 가는 선택이 두 번째다. 세 번째를 선택하면 전설을 믿고 종착역인 가케가와역까지 가면 된다.

멍하니 창문 밖을 보고 있으니 오른편으로 하마나호가 모습을 드러냈다. 하지만 금세 빽빽이 우거진 나무들이 만든 터널로 진입했다가 그 뒤로는 한동안 주택가 사이를 달렸다.

신기하게도 사납게 요동치던 마음속 파도가 서서히 잠잠해져

갔다.

　나는… 어떻게 하고 싶은 걸까?

　내가 기억하는 한 할머니는 처음부터 가족이었다. 유치원을 마치면 언제나 할머니가 데리러 왔고 돌아오는 길에 종종 '밋카비제과'라는 화과자 가게에 들르곤 했다. 세모난 모양의 만주를 식구 수대로 사고 나면 할머니는 매번 똑같은 얘기를 했다.

"잔칫날에는 만주를 신사에 공양하는 전통이 있어~."

　초등학생 때도 집에 돌아오면 늘 할머니가 계셨다. 간식은 주로 할머니가 직접 만든 찐빵이나 젤리였지만 하나같이 전부 맛있었다.

―할매는 우리 미쿠 시집갈 때까지 건강하게 살 거여.

―공부 좀 못하면 뭐쪄, 니가 좋으면 그게 제일인디.

―용돈 필요 없당가? 엄마한테는 비밀로 할랑게.

　잊고 있었던 할머니 목소리가 머릿속에서 나직하게 울렸다.

　그때 나는 뭐라고 대답했었더라? 초등학교 저학년 때는 종일 할머니 품에서 어리광을 부렸었다. 그러다 학년이 올라가면서 점점 집에 있는 시간이 줄었고, 친구들과 노느라 할머니 간식을 먹지 않는 일도 많아졌다.

―할머니, 귀찮게 왜 그래!

―내가 몇 번이나 말했는데 왜 모르는 거야.

이번 역은 종착역인 가케가와역입니다

─친구들이랑 약속 있다니까! 정말 짜증 나.

내가 뱉었던 말들이 좀비처럼 되살아났다.

나는… 할머니에게 조금도 다정하지 않았다. 내가 심한 말을 뱉어낼 때마다 서글픈 표정으로 눈썹을 축 늘어뜨리던 할머니 얼굴이 떠오른다.

그러다 언제부턴가 할머니는 자꾸 무언가를 잊어 갔다.

할머니의 잔돈 지갑이 불룩해진 데는 내 책임도 있을지 모른다.

다시 오른편으로 하마나호가 펼쳐졌다. 아침 햇살을 받아 반짝반짝 빛나는 호수가 어쩐지 조금 전과는 달리 슬픔으로 일렁이는 듯 보인다.

만약 전설이 진짜라면 그때의 할머니를 만나고 싶다. 만나서 죄송했다고 용서를 빌고 싶었다.

이런 기회를 만들어 준 하루토에게도 고마웠다. 여전히 할머니를 만나러 갈 용기는 생기지 않았지만 그래도 옛날 일을 돌이켜 볼 수 있었던 건 분명 그 애 덕분이다.

기분 좋게 떨리던 진동이 멈춰 눈을 떠 보니 열차가 역에 도착해 있었다. 나도 모르게 잠이 들었었나? 둘러보니 드문드문 앉아 있던 다른 승객들이 한 명도 보이지 않았다.

"이번 역은 종착역인 가케가와역입니다."

"뭐?"

기관사의 안내 방송에 나도 모르게 목소리를 높이고 말았다.

벌써 가케가와역이라고?

허둥지둥 열차에서 내려 승강장에 섰지만, 주위에 아무도 없었다. 할머니를 생각하며 추억 여행을 하던 중에 잠들어 버리다니, 설령 전설이 진짜라고 해도 이래서는 기적을 바랄 자격이 없다.

허탈했다. 그때 문득 구둣발 소리가 들렸다. 고개를 들어보니 젊은 역무원이 나를 향해 다가오고 있었다.

어? 분명 아무도 없었는데…, 내가 잠이 덜 깨서 착각했나? 아, 표를 확인하려는 건가? 주섬주섬 주머니 안에 넣어둔 표를 꺼내는데 내 앞에서 멈춰 선 그가 정중히 고개를 숙였다.

"추억 열차에 탑승해 주셔서 감사합니다."

어디선가 들어본 적 있는 단어에 반사적으로 미간이 좁아 들었다.

남자가 남색 모자를 벗자 머리칼이 바람에 스치듯 가볍게 들썩였다. 호리호리한 몸에 어울리는 상냥한 눈매를 가진 남자가 옅게 미소 지었다. 가슴 부근에 '덴류하마나코 철도'라는 글자가 수 놓여 있었다.

그제야 추억 열차가 하루토가 말했던 전설에 등장했던 열차라는 사실이 떠올랐다.

"그럼, 혹시…."

"저는 안내를 담당하는 니토라고 합니다."

"아…, 저는 시노다 미쿠예요."

이번 역은 종착역인 가케가와역입니다

이미 알고 있다는 듯 고개를 끄덕인 그가 눈을 가늘게 접었다. 어색하던 분위기가 조금은 편안해졌다.

"만나고 싶은 분이 있으신가요?"

그리 크지 않은 목소리인데도 크고 또렷하게 울렸다.

"만나고 싶은 사람이라면… 종착역의 전설을 말씀하시는 거예요?"

생각도 하지 않은 말이 입 밖으로 튀어나왔다.

남자는 여전히 미소 띤 얼굴로 시선을 들어 하늘을 바라봤다.

"종착역은 신비한 곳이죠. 최종 목적지인 동시에 최초의 출발지이기도 하니까요."

무슨 뜻인지도 모른 채 어색하게 고개를 끄덕였다.

혹시… 몰래카메라나 뭐, 그런 건 아니겠지? 예전에 일반인을 속이는 텔레비전 프로그램을 본 적이 있다. 하지만 지금은 제발 장난이 아니기를 바랄 뿐이다.

"전설이 실제로 일어난단 말인가요?"

"전설이라고 웃어넘기는 사람에게는 그저 전설일 뿐이죠. 하지만 믿는 사람에게는 현실이 되기도 한답니다."

니토라는 남자는 이십 대로 보였지만 차분한 말씨 때문인지 나이보다 훨씬 어른스럽게 느껴졌다.

"네, 만나고 싶은 사람이 있어요. 그런데… 무서워요."

나는 좋은 손녀가 아니었다. 자라면서 점점 할머니를 무시하고 버릇없이 굴기만 했다. 그러니 할머니가 나를 기억하지 못하는 것도 당연하다. 지금 와서 깨달은들 너무 늦었지만.

"할머니는 저를 만나고 싶어 하지 않을 거예요."

"걱정하지 마세요."

눈꼬리를 부드럽게 내린 니토 씨의 얼굴이 시야를 가득 메웠다. 내 사정을 전부 알고 있다는 듯 편안하게 웃는다.

"저는 상대도 만나고 싶어 할 때만 안내할 수 있거든요."

"할머니도… 저를 보고 싶어 하신다고요?"

니토 씨는 내 물음에 대답하지 않은 채 개표구를 향해 발걸음을 옮겼다. 흔히 보는 자동 개표구가 아니라 은색 봉으로 가로막혀 있고 옆에 역무원이 서 있는 공간이 있는 옛날식 개표구였다. 다만 역무원은 보이지 않았다.

"추억과 마주할 각오가 서면 보고 싶은 사람을 생각하면서 개표구 밖으로 나가 보세요. 그분이 기다리고 계실 겁니다."

"하지만 할머니는 지금 요양원에 계시고, 편찮으셔서 움직이지도 못하시는데…."

"걱정하지 마세요."

조금 전과 같은 대답이 돌아왔다.

"현실 세계의 할머니는 그대로 요양원에 계시고 의식만 이곳으로 올 겁니다. 만나고 싶은 사람이 살아 있다면 반드시 만날 수 있어요."

이번 역은 종착역인 가케가와역입니다

할 말을 잃고 서 있는 내게 그가 다시 정중히 고개를 숙였다.

"저는 이만 실례하겠습니다. 다음에 또 이용해 주세요."

돌아서서 개표구 반대 방향으로 걸어가는 니토 씨의 뒷모습을 멍하니 눈으로 좇았다.

이상했다. 전설을 부정하던 마음이 거짓말처럼 사라지고 머릿속이 온통 할머니 생각으로 가득 찼다.

나는 천천히 걸음을 옮겼다. 할머니와의 추억을 가슴에 안고서. 표를 들고 개표구를 통과하기 직전에는 눈을 감고 빌었다.

'보고 싶어, 할머니. 보고 싶어.'

할머니를 만나서 꼭 말하고 싶다. 그동안의 내 잘못을 용서받고 싶었다.

순간 주변 공기가 달라졌다.

천천히 눈을 떴고, 동시에 나도 모르게 몇 걸음 물러섰다.

믿을 수 없는 광경이 눈앞에 펼쳐졌다.

이건… 우리 집 현관문?

"뭐, 뭐야. 이거."

뒤를 돌아봤지만 개표구는 온데간데없이 사라지고 맞은편 집 벽만 보일 뿐이다. 순간 이동이라도 한 것처럼 내가 우리 집 앞에 서 있었다.

슬며시 손을 뻗어 문을 만져 보니 분명 감촉이 느껴졌다.

"말도 안 돼. 어떻게 이런 일이…."

어안이 벙벙해 얼어붙은 듯 굳어 있는데 갑자기 현관문이 벌컥 열렸다.

"미쿠여? 얼릉 와잉!"

열린 문으로 얼굴을 내민 사람은… 할머니였다.

뽀글뽀글 파마한 흰머리, 빼빼 마른 몸에 걸친 보라색 카디건, 펑퍼짐한 갈색 바지, 분명 할머니였다. 환하게 웃는 할머니를 보자 단숨에 시야가 일그러졌다.

"할머니…."

"시방 귀신이라도 본 것이여? 얼릉 안 들어오고 뭐하냐?"

"할머니!"

달려가 와락 품에 안겼다.

"어매, 갑자기 와 이라능 것이여?"

할머니가 웃으면 내 머리를 톡톡 쓰다듬었다.

"우리 미쿠, 울보 다 됐네잉. 하루토랑 아야하고 또 싸운 것이여?"

"아니, 아니."

그리운 할머니 냄새. 나는 지금 세상에서 제일 사랑하는 할머니 품에 안겨 있다.

고개를 가로저으면서 몇 번이고 꿈일지도 모른다고 생각했지만, 뺨을 타고 흐르는 눈물의 따스함은 분명 현실이었다. 나를 꼭 안고 있는 이 사람은 분명 건강했을 때의 할머니다.

이번 역은 종착역인 가케가와역입니다

"할머니, 내가 추억 열차에-."

하지만 얼굴을 마주하고 전설 이야기를 꺼내려 하자 할머니가 손가락을 들어 내 입술에 댔다.

"쉿! 비밀이여."

"응?"

"자, 자, 모처럼 만났는디, 귀한 시간을 요로콤 써불면 안 되는 것이여. 할매가 만주도 사 놨당께."

할머니가 집 안으로 들어가자며 내 팔을 잡아 끌었다.

신발을 벗고 안으로 들어서니 지금과는 조금 다른 집안 모습이 눈에 들어왔다. 주방 식탁 위에는 할머니가 늘 보는 탁상용 달력이 놓였고, 벽에는 유화가 걸려 있었다.

나를 식탁에 앉힌 할머니는 차와 만주를 담은 쟁반을 들고 왔다.

"만주 보니까 옛날 생각난다잉. 니는 고운 단팥 앙금 좋아하제?"

오랜만에 먹은 만주는 눈물 탓인지 조금 짭짜름했다.

"할머니는 통단팥 앙금 좋아하잖아."

"그려. 앙금은 통단팥이 제일이제."

조용히 만주를 먹는 할머니를 보는데 다시 눈물이 차올랐다.

꿈이 아니다. 전설은 사실이었다.

할머니는 집을 떠날 때만큼 마르지 않았고 그때보다 젊어 보였다. 확실히 내가 초등학생이었을 때 할머니 모습에 가까웠다.

"우리 미쿠도 이제 곧 중학교 삼 학년이제?"

"응, 엄마는 여전히 잔소리만 해."

"그거는 다 니가 걱정돼서 하는 소리여."

아니라고 반기를 들고 싶었지만 어렵게 다시 만난 지금, 괜히 분위기를 깨고 싶지 않았다. 대신 고개만 살짝 갸웃해 보였다.

"할머니는… 지금 요양원에 있는 거지?"

"그려. 얼마 전까지는 병원에 입원도 했었제. 인자 밥도 못 넘기게 됐당께."

니토 씨 말대로 할머니의 의식만 이곳으로 온 모양이었다. 건강했을 때 모습으로 나를 만나러….

"목 맥힐라. 차도 마셔가면서 묵어."

할머니는 찻잔을 들어 어린아이 먹이듯이 입 가까이 가져다 주셨다.

"요양원에 들어온 지도 일 년이 넘었네 그려. 정신이 말짱한 게 얼마 만인지 모르겠다. 집에 있을 때는 할매 때문에 니도 고생이 많았제?"

"고생은…, 내가 뭘."

나를 보고 무서워하며 숨던 할머니가 떠올랐지만 지금 눈앞에 있는 할머니는 옛날 그 모습 그대로였다. 굳이 그 기억을 끄집어낼 필요가 있을까.

할머니가 갑자기 웃음을 터트렸다. 그러고 보니 그동안 할머니 웃음소리도 잊고 있었다.

이번 역은 종착역인 가케가와역입니다

"그짓말허지 말어. 요양원 들어오기 얼마 전부터는 만날 요성한 짓만 했잖여."

"어쩔 수 없었잖아. 편찮으셔서 그런 거니까."

세차게 고개를 저으며 부정했지만, 할머니는 시들어가는 꽃처럼 힘없이 시선을 떨어뜨렸다.

"이 할미가 치매에 걸려부렀다."

"알아…."

"언제부턴가 자꾸 멍하니 정신이 나가불더니 나중엔 내가 어딨는지도 모르겠고, 잠 깨도 꿈꾸는 것처럼 머릿속이 뿌얘불더라. 아무래도 시간을 앞으로 당겼다 또 뒤로 밀었다 허는 사이에 아예 어딘가에 빠뜨려불었는 것이여."

"괜찮다니까."

할머니의 이야기는 멈추지 않고 이어졌다.

"내가 내가 아녀, 딴사람 된 것 같더라니께. 요상한 짓 허는 나를 말리고 싶어도 그게 안 되더라. 꼭 감옥에 갇혀서 고래고래 소리 지르는 거 같당께."

뭐라고 말해야 할지 몰라 고개를 떨구자 할머니가 말을 멈췄다.

할머니가 그런 병에 걸린 건 전부 나 때문이다. 할머니는 나를 애지중지 키웠는데 나는 할머니에게 조금도 다정하지 않았다. 잘못했다고 용서를 빌고 싶어서 왔는데, 겨우 다시 만났는데, 정작 중요한 말은 입 밖으로 꺼내지 못했다.

짝!

무겁게 가라앉은 분위기를 바꾸려는 듯 할머니가 손뼉을 쳤다.

"우중충한 소린 집어치워우고 점심 허자잉. 니도 거들어 줄랑가?"

"벌써 점심이야?"

시계를 보고서야 알았다. 초침이 비정상적으로 빨리 돌아가고 있었다.

"여그가, 우리가 사는 세상보다 시간이 훨씬 빨리 간다드라."

"거북이 따라서 용궁 갔다가 돌아왔더니 수십 년이 흘렀다는 그 얘기처럼?"

그럼 나도 현실로 돌아갔을 때 늙어 버리는 건가?

"아녀, 여그 있으면 시간이 후딱 가불어. 그래서 원래 세상으로 돌아가면 거꾸로 시간은 거의 안 간다 하드라고."

할머니가 자리에서 일어나 익숙한 손놀림으로 앞치마를 매며 말했다.

"누가 그래?"

"니도 만났제? 니토 씨."

니토 씨라….

"그 사람이 누굴까?"

"안내인이라 하드라고? 같은 하늘 아래 살아도 다시는 못 만날 사람들을 만나게 해 준다 하드만. 요즘 젊은 것 치곤 참 싹싹허대.

이번 역은 종착역인 가케가와역입니다

뭐 혀, 니도 손 씻어. 꾸물대다간 해 떨어지겄어."

손을 씻으려고 부엌 싱크대 물을 틀었다가 생각보다 차가운 온도에 정신이 번쩍 들었다.

내가… 정말 할머니를 만났구나.

그렇다면 우물쭈물할 시간이 없다. 이 시간이 내게 일어난 기적이라면 복잡한 생각 따위는 접어두고 할머니와 함께하는 시간에 집중하고 싶다.

나는 할머니와 함께 고기 감자조림을 만들었다. 나란히 주방에 서 있는 동안에도 추억 이야기가 꼬리에 꼬리를 물고 끝도 없이 이어졌다.

유치원 입학식에서 대성통곡을 했던 일도, 졸업식 날 입학식 때보다 더 크게 울었던 일도 이제는 내 기억 너머의 이야기다. 하지만 그 모든 순간에 할머니의 기억이 더해지자, 잊고 있던 시간들까지 사랑스러운 추억으로 완성되었다.

시간은 빨리 흘렀지만 그다지 배는 고프지 않아서 우리는 고기 감자조림만으로 점심을 먹었다.

그러다 문득 창밖을 보니 어느새 저녁놀이 번져 있었다.

"오늘은 그만 돌아가야제."

밥을 먹고 같이 설거지하는 도중에 할머니가 말했다.

"벌써? 자고 가면 안 돼?"

"미쿠는 미쿠 집으로 가야 허고, 할매는 할매 있는 곳으로 돌아가야제. 다들 걱정한당께."

"현실 세상의 할머니는 지금도 요양원에 있는 거지?"

그렇다고 대답하는 할머니의 목소리가 조금 낮아졌다.

"내는 이제 말도 못 하는 지경이여. 그래서 오늘 요래 얘기할 수 있어서 을매나 좋은지 모르겄다."

할머니는 끝까지 요양원에 한번 오라는 말을 꺼내지 않았다. 솔직히 오라고 해도 자신 있게 가겠다고 대답하지 못했을지도 모른다.

현관에서 신발을 신으면서야 이제 다시는 만나지 못할지도 모른다는 두려움이 발끝에서부터 서서히 온몸으로 번졌다.

지금이 처음이자 마지막 기적이라면 어쩌지….

"걱정허지 말어."

돌아보니 할머니가 하얀 이를 보이며 환하게 웃고 있었다.

"또 오면 된께."

"와, 할머니는 내가 무슨 생각하는지 다 아는 거야?"

"내가 니 할매로 몇 년을 살았는디 고걸 모르겄냐, 니가 무슨 생각하는지 다 알제."

그랬다. 할머니는 언제나 내 걱정을 먼저 알아채고 말끔히 해결해 주곤 했다.

"집에 가는 길이 멀어서 워쩐댜. 조심해서 가, 알았제?"

"응. 그럼, 나 갔다 올게."

이번 역은 종착역인 가케가와역입니다

"갔다 와라잉."

'갔다 와라잉'은 할머니가 자주 쓰던 말이다. 늘 '다녀와라'가 아니라 '갔다 오라'라고 인사했었다.

나는 웃으며 손을 흔들고 현관 밖으로 나왔다.

무대 조명이 꺼지듯 집 앞 풍경이 깜깜한 어둠으로 변했다가 바로 개표구가 나타났다. 뒤를 돌아봤지만, 그 자리에는 벽만 있을 뿐이다.

기적의 시간은 끝났다. 하지만 가슴은 여전히 따뜻했다.

집으로 가는 열차 안에서 할머니와 함께했던 시간을 되새겼다. 새로 덧칠해진 행복한 기억 속에서 기분 좋게 잠에 빠져들었다.

봄방학이 시작되자 나는 추억 열차를 타고 자주 할머니를 만나러 갔다. 마음 같아서는 매일 가고 싶었지만 주머니 사정상 사흘에 한 번 정도 열차를 탔다.

할머니가 반갑게 맞아 주는 집에서 함께 간식을 만들어 먹거나 앨범을 보면서 시간을 보냈다. 그곳에서는 일분일초가 즐거웠고 그 덕분인지 니토 씨에게 요즘 얼굴이 좋아 보인다는 말도 들었다. 실제로 나도 할머니와 같이 있으면 왠지 모르게 기운이 솟구쳤다.

그리고 오늘은 일요일, 즉 새벽같이 집을 나서야 하는 날이다.

"어디 가니?"

살금살금 현관을 향해 가다가 날 선 목소리에 뒷덜미를 붙잡혔다. 돌아보니 잠옷 차림의 엄마가 상당히 언짢은 표정으로 서 있었다.

"어? 아, 잘 잤어?"

"말 돌리지 말고! 지금 어디 가냐고 묻잖아."

밤새 헝클어진 엄마의 머리가 비죽비죽 솟아서 꿈틀거린다. 꼭 메두사 머리처럼.

"그냥… 산책."

"아무리 봐도 산책하러 가는 사람 같지 않은데? 지난번에도 집에 사람이 없어서 그냥 간다는 택배 쪽지가 붙어 있더니, 너 요새 도대체 어딜 그렇게 쏘다니는 거야?"

가케가와역 개표구를 통해서 옛날 우리 집에 놀러 간다고 말하면 믿어 줄까? 그럴 리가 없다.

나는 가방 안에서 봄방학 숙제를 꺼내 엄마 앞에 내밀었다.

"공부하러 가는 거니까 안심해."

"집에서 하면 되잖아. 왜 죄 지은 사람처럼 몰래 나가서…. 너, 설마, 남자 친구 생겼니?"

엄마의 목소리가 점점 높아졌다. 결국 잠에서 깬 아빠까지 무슨 일이냐며 방에서 나왔다.

"아무튼 오늘은 집에 있어. 아직 아침도 안 먹었-."

"왜 그래?"

이번 역은 종착역인 가케가와역입니다

불쑥 튀어나온 내 물음에 엄마가 말을 멈췄다.

"뭐?"

"도대체 왜 맨날 화만 내는 건데? 왜 다 내 잘못이라고만 하냐고?"

"네가 화나게 하잖아. 얼마 전에도 할머니 뵈러 가기로 약속해놓고 사라진 게 누군데? 너야말로 왜 자꾸 엄마 속상하게 해!"

이상하다. 예전 같으면 엄마의 말에 대들면서 나오는 대로 아무 말이나 쏘아댔을 텐데.

하지만 지금은 그러고 싶지 않았다. 할머니를 만나기 위해서라면 못할 일이 없다.

"할머니한테는 혼자 다녀올 테니까 신경 쓰지 마."

"너, 할머니 방이 몇 호실인지는 아니?"

어이가 없다는 듯 내뱉는 엄마의 말에 나는 힘없이 고개를 저었다.

"할머니가 건강하셨을 때는 엄마도 잘 웃었어. 엄마, 할머니 편찮으시고부터 툭하면 화만 내는 거 알아? 할머니가 요양원에 들어가시고부터는 더 심해졌어."

엄마는 목소리가 나오지 않는 사람처럼 입만 뻐끔거렸다.

"나도 내가 제멋대로 굴고 있다는 거 알아. 그런데 당분간 그냥 좀 내버려두면 안 될까? 미안해."

꾸뻑 고개를 숙인 나는 그대로 문을 열고 밖으로 나왔다.

"거기 안 서!"

엄마의 목소리를 차단하듯 문을 닫아 버리고 자전거에 올라타 역까지 달렸다.

엄마가 역까지 쫓아올 리야 없겠지만 도착하면 찾지 못하게 숨어 있어야겠다.

지난주와 비슷한 시간에 나왔는데 오늘은 벌써 하늘이 밝아지고 있었다. 이곳의 계절도 드디어 봄으로 바뀌고 있다.

"미쿠!"

밋카비역에 자전거를 세우는데 뒤에서 내 이름을 부르는 소리가 들렸다. 뒤돌아보니 하루토가 늘 입던 운동복 차림으로 뛰어오고 있었다.

"집 앞에서부터 불렀는데 도저히 따라잡을 수가 있어야지."

몸을 반으로 접은 하루토가 거친 숨을 몰아쉬었다.

"스토커냐."

그 순간 떠오른 생각을 그대로 말했더니 하루토가 너무하다며 웃음을 터트렸다.

"말했지. 여기 내 조깅 코스라고. 그나저나 넌 또 하루 할매 만나러 가는 거야?"

할머니와 만난 일은 하루토에게만 이야기했다. 듣자마자 마치 자기 일인 듯이 기뻐하며 흥분했었다.

이번 역은 종착역인 가케가와역입니다

"응, 마음 같아서는 매일 가고 싶어."

"가케가와역이 멀긴 해. 그래도 다행이다."

다정하게 미소 짓는 하루토를 보고 있자니 저절로 심장이 쿵쿵 울렸다.

"네가 준 표 덕분이야. 전설 이야기해 줘서 고마워."

"뭐야, 이렇게 고분고분한 모습."

장난치듯 너스레를 떨던 하루토가 갑자기 헛기침으로 목을 가다듬었다.

"아무튼 하루 할매를 만나서 다행이야. 얘기해도 아무도 안 믿을걸?"

"그저 꾸며낸 전설일 뿐이라고 웃어넘기는 사람한테는 끝까지 전설일 뿐이지."

니토 씨가 한 말을 그대로 옮겼을 뿐인데, 하루토가 감탄한 듯 연신 고개를 주억였다.

그러다 몸을 돌려 스트레칭을 시작했다. 아침 해가 만든 그림자는 얼마 전 석양 아래에서 본 것과 달리 희미했다. 좋아하는 마음을 깨달은 뒤로는 왠지 부끄러워서 자꾸만 그림자만 보게 된다.

"저기, 하루토. 같이 안 갈래?"

간신히 용기를 내서 그 애 등에 대고 말했다.

"같이…라니?"

"너도 할머니 못 뵌 지 꽤 됐잖아."

"아니야, 난 빠질게. 지금 하루 할매한테 기운을 받아야 할 사람은 너니까."

"기운이라니?"

하루토는 내 물음에 답하는 대신 또 보자며 손을 흔들고 다시 뛰기 시작했다.

하루토의 뒷모습이 점점 멀어졌다.

나는 역시 하루토를 좋아한다. 그러니 이렇게 실망하는 거겠지.

언젠가 하루토와 함께 추억 열차를 타고 싶다.

그런 생각에 잠겨 있는데 눈부시게 빛나는 햇살에 가늘어진 시야 사이로 열차가 들어오는 모습이 보였다. 오늘도 추억 열차가 나를 데리러 왔다.

니토 씨는 오늘도 평소처럼 승강장에 서 있었다.

열차에서 내린 사람들은 대부분 그에게 눈길도 주지 않고 개표구를 향해 걸음을 재촉한다.

"안녕하세요."

내가 인사하자 그가 모자를 벗고 고개를 숙였다.

"추억 열차를 이용해 주셔서 감사합니다."

그는 항상 똑같은 인사를 건네며 싱긋 미소 짓는다. 신입사원처럼 보일 만큼 젊지만, 항상 나 같은 중학생에게도 정중하다.

문득 그런 생각이 들었다. 이제는 나도 추억 열차의 어엿한 단

이번 역은 종착역인 가케가와역입니다

골손님이니 몇 가지 의문 정도는 물어봐도 되지 않을까 하는.

"저기, 여쭤 볼 게 있는데요. 저 말고도 전설을 믿고 열차에 탄 사람이 있었나요?"

"물론 계셨습니다."

그가 추억을 회상하듯 승강장 지붕 사이로 보이는 파란 하늘을 응시했다.

"올해는 미쿠 양이 두 번째 고객이고, 삼 년 전쯤 한 분 계셨죠."

말인즉슨 거의 없다는 뜻이었다.

묘하게 굳은 내 표정을 읽었는지 그가 손을 가볍게 저었다.

"아니요, 아니요. 전설이 활발히 전해지던 십 년 전까지는 추억 열차를 타고 종착역을 찾는 분이 매주 계셨답니다."

하지만 십 년 전이면 니토 씨가 여기서 일했을 리 없다. 사실 삼 년 전이라는 말도 의심이 가기는 마찬가지지만, 이곳은 말로 설명하기 어려운 신비한 일이 일어나는 종착역이니 어쩌면 그의 시간은 우리가 사는 세상과는 다르게 흘러갈지도 모르겠다.

"다만…."

그가 쓸쓸한 표정으로 말을 이었다.

"추억 열차를 타고 오셔도 만나고 싶은 사람을 만나지 못한 분도 계십니다. 보고 싶다고 간절히 바라지 않았거나 상대도 같은 마음이 아니면 만날 수 없거든요."

"저는 만났으니까 할머니도 저와 같은 마음이었다는 뜻이네요."

그가 가볍게 고개를 끄덕였다.

"다만…."

하지만 또 한 번 같은 말이 이어졌다.

"오늘도 만날 수 있을지 없을지는 개표구를 나갈 때까지 알 수 없답니다."

"네? 그게 무슨 말씀이세요? 알 수 없다니요."

나도 모르게 따지듯 목소리가 커졌지만 니토 씨는 전혀 개의치 않았다. 그가 속을 알 수 없는 표정으로 말을 이었다.

"만약 상대가 이제 충분하다고 생각한다면 더는 만날 수 없습니다. 서로 같은 마음이 아니게 되었으니 상대를 만날 수 없는 거죠."

할머니는 그저께 만나고 돌아갈 때도 또 오라고 했으니 그럴 일은 없다. 나는 마음속에서 싹을 틔우려는 불안을 싹둑 잘라 버리고 꾸벅 고개를 숙였다.

"알겠습니다. 그럼 다녀올게요."

하지만 니토 씨는 대답하지 않았다. 고개를 들었더니 그가 난처한 얼굴로 나를 보고 있었다.

"제가 전제 조건이 있다는 말씀을 드리지 않았어요."

순식간에 주변 공기가 무겁게 가라앉았다.

"전제 조건이요?"

"종착역의 전설에 관해 어떻게 들었나요?"

이번 역은 종착역인 가케가와역입니다

"친구한테 들어서 자세히는 모르지만, 추억 열차를 타고 간절히 빌면 만날 수 없는 사람이라도 종착역인 가케가와역에서 만날 수 있다고 들었어요."

하루토에게 들은 그대로 전했지만, 니토 씨의 표정만으로는 올바른 정보인지 아닌지 알 수 없었다.

잠시 뜸을 들이던 그가 다시 입을 열었다.

"맞아요. 하지만 '만날 수 없는 사람'에는 조건이 있답니다. 물리적으로, 또는 심리적으로 만날 수 없는 사람이어야만 하죠. 물리적이라는 뜻은 멀리 외국에 있거나 감옥에 갇힌 상태라거나, 그런 이유로 만날 수 없는 사람을 말해요."

할머니는 모리마치에 있는 요양원에 계시니 물리적 조건에는 맞지 않는다.

"그렇다면 저는 심리적인 이유 때문이겠네요."

"그렇겠네요. 마음속에 생긴 벽 때문에 만나기를 주저하고 있으니까요."

마음속 벽… 확실히 그런 것이 있기는 했다. 건강한 할머니를 만나서 기뻤지만, 여전히 현실에서 할머니를 만나러 갈 용기는 생기지 않았다.

"아까 말씀하신 전제 조건은…."

"애초에 종착역의 전설에는 방금 말씀드린 두 가지 조건 외에 전제 조건이 하나 더 있습니다. 만나러 가는 사람과 종착역에서 기다리는 사람, 둘 중 한 사람에게 남은 시간이 길지 않을 때만 가능해요. 쉽게 말해서 삶이 얼마 남지 않았다는 말이죠."

무슨 뜻인지 바로 이해했다. 어제 저녁밥을 먹으면서 엄마, 아빠가 '임종'이라는 말을 꺼냈었다. 할머니에게 시간이 얼마 남지 않았다는 뜻이다. 묵직한 납덩어리가 가슴을 짓눌렀다.

"할머니가 돌아가시면 더는 만날 수 없다는 말씀이죠?"

"맞아요."

할머니 상태가 좋지 않다는 건 알고 있었지만, 돌아가신다는 생각은 하지 못했다.

"개표구 너머에서 기다리는 할머니는 정말 우리 할머니가 맞아요?"

"네?"

눈을 동그랗게 뜨는 니토 씨에게 뭐라고 설명하면 좋을지 열심히 생각을 정리했다.

"요양원에 계신 할머니는 침대에서 일어나실 수 없는 상태예요. 저를 만나서 함께 보낸 시간을 진짜 할머니도 기억하고 계실까요?"

말이 끝나기가 무섭게 니토 씨가 참을 수 없다는 듯 웃음을 터트렸다.

순간 욱하는 마음이 내 표정에 드러났는지 그가 바로 허리를 펴고 표정을 정돈했다.

이번 역은 종착역인 가케가와역입니다

"죄송합니다. 생각지도 못한 말이라서 그만. 두 분 다 진짜 할머니 맞습니다. 미쿠 양과 나눈 이야기도 전부 실제로 기억하고 계실 테니 걱정하지 마세요."

"하지만 할머니는… 치매를 앓고 계세요. 현실에 계신 할머니는 이제 제 얼굴도, 이름도 잊으신걸요."

"걱정하지 마세요."

그가 다시 힘주어 말했다.

"치매를 앓고 있어도 마음속에는 원래의 의식이 자리 잡고 있답니다. 미쿠 양 할머니도 그럴 거예요. 미쿠 양과 만났던 일을 가슴으로 기억하고 계실 겁니다."

현실에서 할머니가 나를 알아보지 못해도 마음속으로는 나를 잊지 않았다는 말인가?

"사실은 얼마든지 뵈러 갈 수 있는 곳에 계세요. 그런데 도저히 용기가 안 나서…."

부모님은 여러 번 다녀오셨지만, 나는 바쁘지도 않으면서 이런저런 핑계를 대며 피하기만 했다.

"그런 분을 위해서 추억 열차가 존재하는 거죠."

니토 씨의 목소리는 밑바닥으로 가라앉는 무거운 마음을 건져 올리듯 다정했다.

"아… 그럼, 혹시 아빠, 엄마도 전설을 믿으면 할머니를 만날 수 있어요?"

"아마도 그렇겠죠?"

그렇다면 아빠, 엄마에게도 추억 열차 이야기를 해 보면 어떨까? 할머니를 직접 만나 얘기를 나눌 수 있다면 아빠, 엄마도 분명 기뻐할 거다. 할머니에게 남은 시간이 얼마 없다면 절대 놓쳐서는 안 될 기회다.

오늘은 할머니를 만나고 일찍 돌아가야겠다. 아빠, 엄마에게 지금 일어나는 기적을 솔직히 털어놓고 셋이 함께 추억 열차를 타야겠다.

"저, 이만 할머니 만나러 가 볼게요."

"네, 다녀오세요."

고개 숙이는 니토 씨에게 인사하고 개표구를 향해 뛰었다.

내 생각을 들으면 할머니도 분명 기뻐하시겠지?

할머니는 오늘도 핫케이크를 구워 놓고 나를 기다리고 있었다. 식탁 위에 놓인 핫케이크에서 김이 모락모락 올라오고 달콤한 냄새가 집안에 가득했다.

조금 전까지는 할머니를 보자마자 아빠, 엄마를 데려오겠다고 말할 생각이었는데, 다시 생각해 보니 이 비현실적인 상황을 두 사람에게 이해시킬 자신이 없었다. 일단은 어떻게 이야기를 꺼낼지부터 생각해 봐야 했다.

흐음, 코로 긴 숨을 뿜어내며 핫케이크를 또 한 장 입에 넣었다.

이번 역은 종착역인 가케가와역입니다

할머니는 초승달처럼 눈을 가늘게 뜨고 유치원 재롱잔치에서 내가 얼마나 귀여웠는지 이야기하는 중이다.

그러고 보니 일 때문에 바쁜 부모님을 대신해 초등학교 때 참관 수업이나 운동회에 와 준 사람도 항상 할머니였다.

"나는 할머니가 키웠으니까."

"뭔 소리여. 등골 빠지게 일허며 너를 키운 건 니 아부지, 엄니여. 나야 시간 남아서 좀 거들어 준 것뿐이여."

포크로 핫케이크를 푹 찔러 입에 넣자 달콤한 메이플시럽이 입 안 가득 퍼졌다.

"니는 엄니, 아부지한테 고마워해야 혀. 니가 열이라도 났믄, 엄니가 얼마나 걱정했는지 알어? 쉬는 시간마다 전화허고, 내가 아프단 거 알고는 일을 그만둬야 한당가 말아야 한당가, 아부지랑 둘이서 얼마나 고민했는지 모른다잉. 니는 그거 모르제?"

"그러면 뭐 해. 결국 할머니를 요양원으로 보냈잖아."

엄마는 나를 사랑했을지는 몰라도 할머니는 사랑하지 않았다. 그러니 그런 식으로 급하게 할머니를 요양원으로 보냈겠지.

"요양원은 내가 들어간다 한 거여."

그 말을 하는 할머니 목소리가 마치 남 얘기라도 하듯 덤덤했다.

"할머니가?"

"치매 진단받기 전 얘기여. 가쓰야한티, 그러니까 니 아부지한티 요양원 안내문 갖다 준 게 나라니께. 미리 여기 들어가고 싶다

허고 그랬지. 근디 니 아부지랑 엄니가 절대 안 된다구 펄쩍 뛰었어. 엄니는 울기까지 혔지. 그래도 나는 자식들한테 짐 되긴 싫어가꼬, 들어가겠다고 우겨뿌렀어."

들고 있던 포크가 쨍그랑 소리를 내며 접시 위로 떨어졌다.

"정말? 나는 몰랐어."

"그럴 만도 혀. 언제부턴가 니는 아부지, 엄니 앞에선 꿀 먹은 벙어리처럼 입을 꾹 다물고 있더만. 그러믄 못 쓰는 거여. 할 말 있음 그때그때 혀야 답도 얻는 거여."

할머니는 어릴 때부터 내 잘못을 바로잡아 주었다. 비록 나는 툴툴거리며 토라지거나 안 들리는 척하면서 고분고분 따르지 않았지만…. 건망증이 심해진 할머니를 무시하듯 쌀쌀맞게 군 적도 한두 번이 아니다.

그제야 생각났다. 내가 여기 오고 싶어 했던 원래 이유, 그건 할머니에게 진심으로 잘못을 빌고 싶어서였다.

가시 돋친 내 말과 행동에 얼마나 가슴 아프셨을까. 나는 지금도 아빠와 엄마에게 상처만 주는 딸이다.

"할머니, 나…."

마음을 다잡고 고개를 들어 다시 본 할머니는 다정히 웃고 있었다.

"종착역의 전설을 믿길 잘한 것 같아."

할머니를 만나서 얼마나 기쁜지는 이루 말할 수 없었지만, 아직

이번 역은 종착역인 가케가와역입니다

고마운 마음도, 미안한 마음도, 제대로 말한 적이 없다.

"그려. 여그선 옛날부터 전해지던 얘기였는디, 나도 설마 진짜일 줄은 몰랐지. 병 생긴 뒤로는 머리 맑은 날이 거의 없었응께. 가끔 정신이 들믄 꼭 종착역 전설을 생각했어. 우리 미쿠가 추억 열차 타고 나 보러 오면 참말로 좋겄다, 하고 말이여."

주름투성이 얼굴로 따뜻하게 웃는 할머니를 보며 숨을 크게 들이마셨다.

"저기, 할머니."

"오늘이 우리가 만나는 마지막 날이여."

"응?"

지금 뭐라고?

"가는 날은 스스로 알 수 있다 하더라고. 할매 명은 오늘밤까지여."

달콤하던 핫케이크 냄새가 사라지고 입에서 아무 맛도 느껴지지 않았다.

"그런 게… 어딨어."

바싹 말라 버린 입으로 간신히 말했다.

할머니가 내 찻잔에 차를 따라 주었지만, 마치 남의 손처럼 바들바들 떨려서 잔을 들 수 없었다.

할머니가 떠난다. 할머니가 영원히 세상에서 사라진다.

"안 돼. 할머니가 왜 죽어! 그런 거 싫어!"

시야가 일그러지고 슬픔이 눈물이 되어 흘러내렸다.

"사람은 누구나 태어날 때부터 명이 정해져 있당께. 할매도 지금껏 여러 사람 먼저 보내면서 살아왔제. 죽음이란 게 말여, 어떤 죽음이든 다 어느 날 느닷없이 찾아오더라잉."

"듣기 싫어. 그런 얘기 하지 말라고!"

떼를 쓰는 나를 달래려는 듯 할머니가 옆자리로 와서 어깨를 감싸안았다. 가까이서 느껴지는 할머니 냄새에 눈물이 왈칵 솟구쳤다.

"할매는 한평생 행복하게 살았당께. 니 할배 만나 듬직한 아들도 낳고, 그 아들이 또 고운 며느릴 델꼬 와가, 이렇게 이쁜 손녀까지 봤응게 말이여. 긍께 나는 아무 여한이 없어잉."

나는 쉴 새 없이 눈물을 쏟아내며 머릿속으로 할머니의 말을 몇 번이고 되뇌었다.

"할머니, 나 할머니한테 너무 못되게 굴었어. 짜증 난다고도 했고 편찮으신 거 알면서도 무시했잖아. 미안해. 내가 잘못했어."

"무슨 소리여, 니는 내한티 최고로 멋진 손녀제."

할머니가 더 세게 안아 줄수록 슬픔은 커지고 깊어졌다.

이제는 할머니를 만날 수 없다. 행복했던 날들은 오늘로써 끝이다.

서러운 울음소리가 집 안을 채우고 슬픔의 바닷속 밑바닥으로 가라앉는 기분이다. 나는 일렁이는 시야 너머로 흔들리는 핫케이

이번 역은 종착역인 가케가와역입니다

크를 바라보며 눈물의 바다에 잠겨 갔다.

"아직 개안어. 밤 되려면 한참 남았당께. 얘기할 시간은 넉넉하당께."

머리를 쓰다듬는 할머니의 손이 따뜻했다. 이렇게 따뜻한데 이제 곧 돌아가신다니 정말일까?

"할머니 옆에 있고 싶어. 계속 같이 있고 싶단 말이야."

할머니가 눈물을 흘리며 작게 웃었다.

"그라믄 얼마나 좋으까. 그래도 니는 니 인생 살아야 한당께."

"할머니…."

"기적은 아무한테나 막 일어나는 게 아니여. 우리한테 이런 귀한 기회가 찾아온 것에 참말로 감사해야 한당께."

"응, 알았어…."

할머니가 주름진 새끼손가락을 세웠다.

"미쿠야, 할매랑 약속 하나 허자."

"약속?"

"옆에 있는 사람한테는 늘 솔직해야 한당께. 그래야 언젠가 헤어질 날이 와도, 쬐끔이라도 덜 후회할 수 있지라."

진짜 할머니는 지금 요양원에 누워 있다. 눈을 감고 곧 다가올 생의 마지막 순간을 기다리고 있다.

시계를 보니 오후 세 시였다. 이곳에서는 시간이 순식간에 흘러가지만, 현실 세계로 돌아가면 아직 오전일 터였다.

"여기서는 안 할래."

눈물을 닦고 의자에서 일어섰다.

더는 후회할 일을 하고 싶지 않다.

"현실 세계에 있는 할머니한테 갈게. 기다려. 약속은 그때 할 거야."

"미쿠야…."

차오르는 감정을 누르지 못한 할머니가 손수건에 얼굴을 묻고 흐느꼈다.

지금은 내 감정에 솔직해져야 한다. 할머니가 걱정하시지 않도록 더 강해져야 한다.

"할머니, 내가 갈 때까지 기다려 줄 거지?"

"기다리는 동안 니 아부지, 엄니한테 작별 인사하고 있을 텐께. 말은 못 하겠지만…."

"내가 전해 줄게. 할머니가 하고 싶은 말 내가 대신 전해 줄 테니까 걱정하지 마."

할머니가 연신 고개를 끄덕였다.

이제는 가야겠다. 줄곧 나를 기다렸을 소중한 사람에게.

* * *

엔슈모리역에서 내려 핸드폰으로 할머니가 계신 요양원을 검색했다. 길 찾기 앱에 따르면 역에서 도보 오 분 거리였다.

길가에 핀 벚꽃이 연한 분홍빛을 띠기 시작했다. 이제 막 피기 시작했지만 아마 눈 깜짝할 사이에 활짝 만개할 거다.

벚꽃 길을 걷다 보니 앞쪽에 큰 건물이 나타났다. 뛰다시피 빠르게 걸어서인지 봄인데도 이마에 땀이 맺혔다.

그래도 힘들지 않았다. 할머니와 쌓은 추억 속을 걷는 듯, 잊고 있었던 일들이 하나둘 떠오르고 그때마다 피식피식 웃음이 새어 나왔다.

언제나 다정했던 할머니, 그 다정함을 당연하게 여겼던 내가 부끄럽다. 그러니 지금이 마지막이라면 다시 한번 할머니에게 제대로 말해야 한다.

하고 싶은 말은 세 가지였다. 미안해, 고마워, 그리고 약속 꼭 지킬게.

그때 핸드폰 진동이 울렸다. 화면을 보니 하루토의 이름이 떠 있다.

"여보세요. 하루토?"

"응, 나야. 지금도 하루 할매랑 같이 있어?"

나도 모르게 바짝 긴장하고 있었던지, 하루토의 목소리를 듣자마자 몸에서 스르륵 힘이 빠지는 걸 느꼈다.

"아니, 아까 헤어지고 오는 길이야. 지금은 할머니가 계신 요양원에 가는 중이고."

"정말? 잘했네!"

진심으로 기뻐하는 목소리에 나까지 기분이 좋아졌다.

"다 네 덕분이야. 네가 해 준 전설 이야기 덕에 용기를 낼 수 있었어."

"이제야 인정하는 거야? 그래, 당연히 고마워해야지."

다정하게 울리는 하루토의 목소리에 지금은 주저 없이 솔직히 대답할 수 있었다.

"고마워, 하루토."

전화를 끊은 나는 다시 요양원을 향해 발걸음을 재촉했다. 조금 전보다 발걸음이 한결 더 가벼웠다.

그렇다 해도 하루토에게 고백할 생각은 없다. 지금처럼 지내면서 내가 조금 더 솔직하게 내 마음을 인정하게 되면 답은 자연스레 알게 될 테니까.

문득 이런 생각을 하는 내가 기특하기까지 했다.

그사이 요양원 간판이 붙어 있는 정문을 지나 입구까지 왔다.

입구에 설치된 자동문 너머는 마치 고급 호텔처럼 꾸며져 있었다. 입이 저절로 벌어졌다. 할머니가 왜 이곳을 직접 골랐는지 알 것 같았다.

"미쿠니?"

목소리가 들린 쪽을 돌아보니 엄마가 놀란 표정으로 서 있었다. 그 옆에서 아빠도 눈을 동그랗게 뜨고 나를 봤다.

"어떻게 된 거야? 네가 왜 여기…. 우리도 지금 막 도착했는데."

"할머니 만나러."

그렇게 우리는 함께 로비 안쪽에 있는 엘리베이터를 탔다. 나는 자연스럽게 삼층 버튼을 눌렀다.

"별일이네. 그렇게 싫다고 난리를 치더니…. 그런데 너, 할머니 방이 몇 호실인지 알고 있었어?"

조금 전에 할머니에게 직접 들었다고 말할 수는 없으니 대충 얼버무렸다. 분명 삼층에서 내려 오른쪽으로 가다가 복도 끝에서 왼쪽으로 돌면 된다고 했다. 망설임 없이 걸어가는 내 뒤를 아빠, 엄마가 어리둥절한 표정으로 따랐다.

방문을 열자, 침대에 누운 할머니가 보였다. 역시나 아까 만났을 때보다 여윈 모습에 안색도 좋지 않았다. 하지만 분명 우리 할머니였다.

"할머니, 나 왔어."

불러도 무겁게 감긴 눈을 뜨지 못했고 호흡은 가늘었다. 침대 옆에 설치된 기계에는 혈압과 맥박을 알려 주는 낮은 수치들이 표시되어 있었다.

나는 침대 옆 둥근 의자에 앉아 앙상하게 마른 할머니의 손을 잡았다.

"더 일찍 오지 못해서 미안해, 할머니. 항상 옆에 있어 줘서 고마웠어."

"미쿠…."

등 뒤에서 울먹이는 엄마 목소리가 들렸다.

할머니가 그랬다. 옆에 있는 사람들에게 조금 더 솔직하게 마음을 표현하라고.

"약속할게. 할머니랑 한 약속, 꼭 지킬 거야."

순간 할머니의 입가에 희미하게 미소가 서렸다. 내 착각일까?

잠시 후 왕진을 온 의사 선생님이 들어오고, 곧이어 방문 간호사 선생님도 달려왔다. 할머니를 보내드리기 위한 준비가 시작됐다.

하지만 아직 오후 다섯 시였다.

"할머니는 오후 여덟 시 이십오 분에 돌아가실 거래."

복도로 나와 긴 의자에 앉은 내가 덤덤하게 한 말에 아빠, 엄마가 말없이 서로를 쳐다봤다.

"사실은 신기한 일이 있었어. 종착역의 전설이라고 들어 봤어?"

"아니, 몰라. 그보다 네가 돌아가시는 시간을 어떻게…."

"할머니는 알 수 있대. 나 말이야, 그동안 추억 열차를 타고 할머니를 만나러 갔었어."

두 사람은 그저 황당하다는 표정이었다.

"너, 지금 우리보고 그 말을 믿으라는 거니? 당신은 믿어?"

엄마가 어이 없다는 듯 아빠를 보며 지원을 요청했다. 당연했다. 나 역시 지금도 실감이 나지 않으니까.

"종착역의 전설을 더 빨리 알았다면 아빠, 엄마도 건강하셨을 때 할머니를 만날 수 있었을 텐데, 너무 늦게 말해서 미안해."

"얘가 정말 왜 이래. 어디서 그런 허무맹랑한 얘기를 듣고 와서는… 그게 말이 되니? 안 그래요, 여보?"

"그렇지."

나는 황당해하는 아빠, 엄마 앞에서 수첩을 꺼냈다.

"할머니가 전해달라고 하셨어."

"얘가, 그만 못 해!"

결국 심기가 불편해진 엄마가 목소리를 높였고, 아빠가 진정하라며 엄마를 다독였다.

하지만 꿈이 아니다. 나는 분명 할머니를 만났다.

"가쓰야, 하나밖에 없는 아들이라 오냐오냐 귀하게 키웠는디도, 알아서 척척 공부허는 거 보믄 얼마나 기특했는지 몰러. 니가 첫 월급 받아 사 준 스카프는 너덜너덜해질 때까지 하고 다녔당께. 지금도 소중하게 간직허는 엄마 보물이여."

"너, 그걸 어떻게!"

놀란 아빠가 큰소리를 내는 바람에 복도를 지나가던 다른 할머니가 흠칫 놀라 돌아보았다.

"나도 잊고 있었던 일인데…."

"또 있어, '가쓰야. 잘 들어라. 니 아부지랑 여행 갔던 거 기억허냐? 니 아부지가 쑥스러워서 고맙단 말은 몬 했어도, 눈 감기 전까정 아타미 가서 불꽃놀이 또 보러 가고 싶단 소릴 몇 번이나 했는지 몰라. 가쓰야, 아무리 일이 바빠도 건강 잘 챙겨야 혀. 퇴근길에 자주 들러줘서 참말로 고마웠고… 나는 니 엄니로 살아서 진짜 행복했당께.'라고 말씀하셨어."

"그래…. 그런 말씀을 하셨구나."

아빠가 울고 있었다. 아이처럼 얼굴을 일그러뜨린 아빠의 눈에서 굵은 눈물이 뚝뚝 떨어졌다.

"다음은 엄마에게 전하는 말이야."

이어서 눈이 휘둥그레진 엄마를 향해 메모를 읽기 시작했다.

"아가, 니가 우리 집에 시집오던 날을 나는 지금도 생생히 기억허고 있당께. 시집와서 처음 해 준 고기 감자조림, 그게 참말로 맛있었지. 그날부턴 그 음식이 내가 젤 좋아하는 음식이 돼뿌렀어. 귀한 내 새끼, 미쿠 가진 거 알았던 날 기억허제? 한밤중이었는디도 우리 둘이 달 보러 나갔잖여. 그날 봤던 그 보름달, 나는 지금도 잊을 수가 없당께."

"맞아… 기억해. 고기 감자조림도, 보름달도, 다 기억나."

엄마가 억지로 눈물을 삼켰다.

아직 두 사람에게 전해 줄 메시지가 많이 남았지만, 그보다 먼저 전해야 할 말이 있었다.

"전설을 믿지 않았다면 할머니를 만나지 못했을 거야. 난 할머니에게 다정한 손녀딸이 아니었어. 아빠, 엄마한테도 늘 대들기만 하잖아. 앞으로도 그럴지 몰라. 하지만 나, 할머니하고 약속했어."

이번 역은 종착역인 가케가와역입니다

"약속? 뭘?"

손수건으로 눈가를 누르던 엄마가 물었다.

"그건 우리 둘만의 비밀이니까 말 못 해. 하지만 약속을 지키려고 노력하다 보면 조금씩 바뀌지 않을까?"

나는 이제 울지 않는다.

할머니와 쌓은 추억을 소중히 간직하고 최선을 다해 나답게 하루하루를 살아갈 생각이다.

이윽고 시곗바늘이 여덟 시를 지나고, 할머니는 모두가 지켜보는 가운데 조용히 숨을 거두셨다.

할머니, 우리 또 만나. 거기서 할아버지랑 같이 나 기다려 줄 거지?

의사의 설명이 이어지는 동안 나는 천천히 창밖으로 시선을 돌렸다. 하늘에 걸린 커다란 보름달이 어둠을, 그리고 우리 가족의 내일을 부드럽게 비추고 있었다.

두 번째 이야기

이별 선언

호사키 마모루(삼십삼 세)

인생사 새옹지마. 옛날부터 자주 들어왔던 말이다.

긴 인생을 살다 보면 좋은 일도 있고, 나쁜 일도 생기는 법이다. 우리는 그 안에서 기쁨과 슬픔 같은 감정을 배우며 하루하루를 살아간다.

다만 슬픔의 깊이가 너무 깊으면 간혹 그 어둠에서 빠져나오지 못하는 사람도 있다. 한 걸음씩이라도 나아가면 그 앞에 미래가 기다린다는 걸 알면서도 절망 속에서 눈과 귀를 막고 몸을 웅크린다.

나도 그랬다. 꿈에 그리던 미래가 보이기 시작한 그때, 어이없게도 세상이 한순간 암흑으로 변해버렸다.

　미치이 사호. 석 달 전 그녀에게 프러포즈했던 날은 내 인생에서 가장 행복한 순간이었다. 그날로부터 석 달, 고작 석 달밖에 지나지 않았다.

＊＊＊

"무슨 일 있어?"

　내가 묻자, 사호가 아무것도 아니라며 커피잔을 컵 받침 위에 내려놓았다.

"잠깐 딴생각하느라."

　수줍게 웃는 그녀의 볼에 언제나 그렇듯 작은 보조개가 그려졌다.

　일요일이라 그런지 덴류하마나코 철도 엔슈모리역 근처에 있는 베이커리 카페는 손님들로 붐볐다. 안쪽에 마련된 테이블도 만석이었고, 우리 옆자리에도 장례식을 마치고 온 듯한 가족이 컵케이크를 먹으며 담소를 나누고 있었다. 얼핏 들리는 얘기로는 중학생쯤으로 보이는 여학생의 할머니가 돌아가신 모양인데, 애틋함이 느껴지는 표정을 보아하니 아마도 따뜻한 장례식이었을 것 같았다.

　다시 시선을 돌리자 사호가 멍하니 창밖을 보고 있었다. 그녀와 사귄 지도 삼 년이 넘었고 그사이 나는 서른셋이 됐다. 사호도 올해로 스물아홉이니 슬슬 우리도 결혼을 생각해야 할 시기다.

다만 요즘 사호가 정신없이 바빴다. 오늘도 오래간만에 하는 데이트였다.

다이어트라도 하는지 얼굴이 조금 핼쑥해졌고 옅은 화장에 단색 옷을 입고 왔다. 전에는 꽃무늬를 즐겨 입었는데 요즘은 왠지 단색 옷만 입는다. 이유를 물었더니 살이 빠지면서 옷 입는 취향도 바뀌었다며 웃기만 했다.

사호는 대학생 때부터 혼자 살았고, 나는 일 년 전에야 부모님 집에서 독립했다. 비록 부모님 집까지 걸어서 갈 만한 거리에 있는 빌라에 살지만….

옆자리에 앉은 가족이 떠나자 사호가 긴 속눈썹을 들어 올려 나와 눈을 맞췄다.

"오빠, 좀 전에 그 가족, 참 화목해 보이지 않았어? 장례식 마치고 편안하게 고인의 이야기를 나누는 걸 보면 분명 고인과 사이가 좋았겠지?"

다시 귀엽게 쏙 들어가는 그녀의 보조개를 보자 조금 마음이 놓였다.

"나도 그 생각했어. 돌아가신 분 얘기를 하다 보면 보통은 우울해지기 마련이잖아."

"사람은 죽음 앞에서 누구나 겁쟁이가 되니까. 아, 미안."

핸드폰을 확인한 사호가 급히 자리에서 일어섰다. 헤드헌터로 일하는 그녀의 핸드폰은 휴일에도 쉬지 않고 울려댔다. 주문한 벚꽃 컵케이크를 아직 반도 먹지 못했는데.

마음속 불안이 고개를 들었다. 첫 데이트 때 우리는 오오타강 벚꽃 길에서 벚나무 터널 속을 걸었다. 그때 매년 오자고 약속했건만, 올해는 일이 바빠서 개화 시기를 놓치고 말았다. 사귄 지 삼 주년이 되는 날에도 일 때문에 만나지 못했고, 다음 달 황금연휴에 가기로 한 여행도 어떻게 될지 모르는 상황이다.

그녀 안에 있는 나라는 존재가 점점 작아지는 듯한 불안감을 떨칠 수가 없었다.

"미안한데, 오늘 저녁은 같이 못 먹겠어."

길게 늘어뜨린 검은 머리칼을 어깨 뒤로 넘기며 자리로 돌아온 사호가 말했다.

"무슨 문제라도 생겼어?"

"모레부터 단기 파견 나가기로 한 사람 몇 명이 펑크를 낸 모양이야. 지금 리코가 대체할 사람을 찾고 있대."

이치노세 리코, 사호의 대학 친구인 그녀는 사호와 같은 회사에서 근무한다. 나도 한 번 만난 적이 있다. 갈색 머리에 진한 화장을 하고, 초면인데도 거리낌 없이 말을 놓던 사람이었다. 게다가 워낙 남 얘기하기 좋아하는 성격이라 식사 중에도 쉬지 않고 떠들어댔다. 나와는 맞지 않는 스타일이기도 했고, 그쪽도 나와 비슷한 생각이었는지 그 후로는 만날 일이 없었다.

하지만 결혼식에 초대해야 하고 친구 대표로 축사도 부탁해야 할 테니 계속 피할 수만은 없다.

"저기, 사호."

언제 리코 씨랑 식사라도 한번 하자고 말하려다가 도로 입을 다물었다. 핸드폰으로 메시지를 보내느라 정신없어서 들리지도 않는 듯했다.

요즘 사호는 같이 있어도 마음은 딴 데 있는 사람 같았고, 그마저도 회사에서 연락이 오면 데이트 도중에 돌아가는 일이 많았다. 아무리 꼭 쥐어도 손가락 사이로 빠져나가는 모래알처럼.

이런, 내가 지금 무슨 생각을. 나는 상념을 떨쳐내고 자세를 바로 했다.

우리는 변하지 않았다. 만나면 즐겁고 아무리 바빠도 메시지는 꼭 주고받는다. 그리고 무엇보다 나는 사호와 평생을 함께할 생각이다.

"결혼하자."

그 생각이 그대로 말이 되어 나와버렸다.

핸드폰을 테이블 위에 툭 내려놓은 그녀가 천천히 나와 눈을 맞췄다.

"지금 이거, 프러포즈야?"

"나랑 결혼해 줘. 행복하게 해 줄게."

이별 선언

어떤 대답이 돌아올까? 숨 쉬는 것도 잊고 있었는지, 나도 모르게 큰 숨이 터져 나왔다.

"고마워. 내가 상상했던 프러포즈는 아니었지만."

"아… 미안."

사호는 예전부터 프러포즈는 추억의 장소에서 받고 싶다고 했다. 확실히 이 베이커리 카페는 추억의 장소가 아니긴 하다.

"아니… 나도 이럴 생각은 아니었는데, 그게… 나도 모르게 그만…."

우물쭈물, 횡설수설, 아, 최악이다. 오래전부터 고민하며 준비해 왔는데 그새를 못 참고 이놈의 입이 방정을 떨었다.

흘러내리는 머리카락을 귀 뒤로 넘기며, 사호가 살짝 고개를 끄덕였다.

"오빠답기는 했어. 그럼, 방금 건 예행연습이라고 생각해도 돼?"

"응! 진짜 프러포즈는 제대로 할 테니까 기대해."

내 말에 그녀가 허리를 곧게 세우고 자세를 고쳤다.

"그럼, 나도 임시로 대답할게. 대답은 예스야."

오랜만에 새하얀 이를 보이며 활짝 웃는 그녀의 미소를 보았다. 아마 나도 지금 그녀와 똑같이 웃고 있을 것 같다.

나 결혼한다!

말로 표현할 수 없을 만큼 벅찬 설렘이 전신을 휘감았다.

사호와 함께라면 그 무엇도 두렵지 않다. 이 순간 나는 세상에서 가장 행복한 남자다.

* * *

나는 지금도 그날을 떠올린다.

일요일, 베이커리 카페에 있을 때만 해도, 나는 세상에서 가장 행복한 남자였다. 무심결에 튀어나온 프러포즈, 달콤한 컵케이크 향기, 풍미가 깊었던 커피까지 모든 게 완벽했다.

몇십 년이 지나도 떠올릴 수 있을 만큼 선명하게 기억에 새겨진 봄날이었다.

하지만 지금의 나는 절정에 달했던 그날의 행복이 거짓이었던 것처럼 절망의 구렁텅이에 빠져 웅크리고 있다. 그 무엇도 보이지 않는 캄캄한 어둠 속에 홀로 남겨졌다. 이제는 아무것도 믿을 수가 없다.

"호사키 선배."

누군가 내 이름을 부르는 소리에 퍼뜩 정신이 들자, 사무실 소음이 한꺼번에 귓속으로 밀려 들어왔다.

옆자리에 앉은 마사키가 걱정스러운 얼굴로 빤히 보고 있었다.

또 정신을 놓고 있었던 모양이다. 그럼에도 아닌 척 컴퓨터 화면을 보면서 태연하게 무슨 일이냐고 되물었다.

이별 선언

의료기기를 제조하는 우리 회사는 요코하마에 있는 본사를 중심으로 전국 각 지자체 중 절반이 넘는 곳에 지사를 두고 있다. 나는 그중 슈치군 모리마치에 있는 시즈오카 지사에서 근무 중이다. 원래는 시즈오카현 시내에 지사를 세우려 했지만, 전임 사장이 자기 고향인 모리마치를 강력하게 밀었다고 들었다.

스기우라 마사키는 나보다 팔 년 늦게 입사한 후배로 나이는 스물다섯이다. 집은 도쿄라는데 서핑이 취미라 시즈오카 지사로 지원했단다. 지금은 가케가와시 해안 근처에 있는 빌라에 살면서 회사가 있는 모리마치로 출퇴근하는 중이다.

―당연히 면접 볼 때 서핑 얘기는 하지 않았죠. 시즈오카현이 얼마나 좋은 곳인지 줄줄 읊은 덕에 겨우 합격한 것 같아요.

그는 신입사원 환영회에서 그렇게 말했었다.

짧은 헤어스타일에 잘 어울리는 까무잡잡하고 건강한 피부에, 성격까지 밝아서 입사 초기부터 '친화력 만렙'이라 불릴 만큼 동료뿐 아니라 상사나 거래처 사람들에게도 평판이 좋았다.

다시 말해 나와는 정반대의 인간이다. 나는 마음 터놓고 편하게 사적인 얘기를 할 만한 상대가 거의 없다.

"괜찮으세요? 또 딴 세상에 가 계신 것 같던데."

"딴 세상이라니, 잠깐 생각할 게 있었을 뿐이야."

대수롭지 않은 듯 말했지만, 사실 가슴 속에 시커먼 덩어리가 들어차 있다. 무겁고 기분 나쁘게 꿈틀거리는 감정은 외면하면 할

수록 점점 더 몸집을 키웠다.

"이거라도 드시고 기운 차리세요."

마사키가 내 책상 위에 사탕 모양으로 포장된 초콜릿을 놓았다. 그는 항상 책상 서랍에 간식거리를 가득 채워두고 구실이 생길 때마다 하나씩 꺼내 내밀곤 했다.

"기운 없다고 한 적 없는데."

"오늘도 점심 거르셨잖아요. 점점 말라 가는 것도 그렇고, 자꾸 넋 나간 것처럼 멍한 표정을 지으니 예의상이라도 괜찮아 보인다고는 말 못 하겠네요."

이런 말을 아무렇지도 않게 잘도 한다.

"그보다 근무 중에 과자 좀 먹지 마. 너는 하는 짓이 꼭 여자 같아."

"지금 그 말, 직장 내 괴롭힘에 해당합니다."

"아, 예, 예. 성희롱해서 죄송합니다."

초콜릿 포장을 거칠게 뜯어 입안에 던져 넣었다. 혀로 몇 번 굴렸더니 금세 눅진한 단맛이 전체로 퍼졌다.

"성희롱이 아니라 성차별이요. 젠더 해러스먼트[*], 줄여서 '젠하라'라고 하죠. 참고로 괴롭힘도 종류가 오십 가지가 넘고 매년 늘어나고 있다는 거 아세요?"

---
[*] 의도와 관계없이 상대를 괴롭게 하거나 불쾌감을 주는 말과 행위. '해러스먼트'는 일본어로 '하라스멘토'라고 발음하며 일반적으로 '○○하라'라고 줄여서 말한다.

이별 선언

오십 가지가 넘는다고? 내가 미간을 좁히자 마사키가 손가락 하나를 세웠다.

"성적 괴롭힘, 권력형 괴롭힘, 정서적 괴롭힘은 아시죠? 요즘에는 암묵적 괴롭힘이나 디저트 괴롭힘도 있다니까요."

"뭐야 그게?"

생수를 마셔도 입안이 깔끔하게 헹궈지기는커녕 오른쪽 어금니에 있는 충치가 시큰하게 쑤셔 왔다. 최근 몇 달 동안 치과에 가지 않았던 벌이다.

"암묵적 괴롭힘은 말로 분위기를 조성해서 어쩔 수 없이 따르게 만드는 거고, 디저트 괴롭힘은 다이어트하는 여자한테 디저트를 억지로 사다 주면서 괴롭히는 행동이에요."

"갖다 붙이면 다 괴롭힘이네. 애당초 말을 건 사람은 너잖아."

충치로 아픈 턱을 쓸어 만지며 투덜거렸다.

이 녀석은 내가 대화를 즐기지 않는다는 걸 뻔히 알면서 게임이라도 하는 듯 내게 말을 시킨다.

"맞아요. 그리고 지금 제가 하는 행동은 뭐든 전부 괴롭힘으로 몰고 가는 괴롭힘에 해당하죠. 이런 걸 해러스먼트 해러스먼트, 줄여서 '하라하라'라고 해요."

얄밉게 웃는 그를 흘겨봤지만, 그런다고 눈썹 하나 꿈쩍할 상대가 아니다.

"살기 힘든 세상이네."

그때 마사키가 갑자기 목소리를 한 톤 낮췄다.

"그보다, 여자 친구한테서 아직도 연락 없어요? 사호 씨라고 했던가요?"

그 이름을 듣는 순간 가슴이 철렁 내려앉았다.

"근무 중에 그런 얘기 하고 싶지 않아. 그거야말로 '연하라'야."

아무렇지 않은 척 연기하는 자신을 제삼자가 되어 구경하는 기분이다. 몸과 감정이 따로 분리되어 버린 느낌이랄까?

"연하라? 그게 뭐예요?"

"연애 괴롭힘!"

"아하, 그거라면 러브 해러스먼트, '러브하라'라고 해야죠."

그나마 마사키가 거기까지 하고 다시 일에 집중하기 시작해서 다행이었다.

나라고 왜 답답하지 않을까. 사실은 누구라도 붙잡고 묻고 싶었다. 전에 사호와 같이 있을 때 한 번 마주친 적이 있어서 마사키에게는 현재 내 상황을 대충 얘기하기도 했다.

하지만 얘기하면 할수록 지금 내가 처한 상황이 현실임을 인정하는 것 같아서 입이 떨어지지 않았다.

키보드를 두드리며 프러포즈 예행연습을 한 뒤의 일들을 곱씹었다.

처음에는 사소한 일에 불과했다. 메시지에 답이 없었지만 일 때문에 피곤해서 그럴 거라고 대수롭지 않게 넘겼다.

이별 선언

하지만 시간이 지나도 답장이 오지 않았고, 전화도 받지 않았다. 그렇게 며칠이 지나고서야 짧은 메시지 한 통이 도착했다.

좋아하는 사람이 생겼어. 정말 미안해.

그 뒤로 나는…, 아 그만하자.

마사키에게 한 말처럼 지금은 근무시간이다. 어차피 오늘은 돌아봐야 할 거래처가 많아서 외근을 나갔다가 바로 퇴근할 예정이었다.

이렇듯 일방적인 이별 통보를 순순히 받아들일 수만은 없다. 그날 기뻐하던 사호의 미소는 분명 진심이었다고 믿고 싶다.

잠들지 못하고 뒤척이던 밤을 이제는 끝내야겠다. 그녀의 진심을 직접 들으면 받아들일 수 있겠지.

이제는 내가 행동해야 할 차례다.

이다바시교(橋) 너머에 있는 와타나베 치과의원은 집 근처라 중학생 때부터 다니던 곳이다. 안경과 수염이 잘 어울리는 와타나베 원장은 오래전부터 봐왔지만, 예나 지금이나 한결같은 모습이다.

"쉬는 날인데 시간 내 주셔서 감사합니다."

신발을 갈아신고 인사하자 그가 아니라며 빙그레 웃는다.

"목요일에는 빈둥거리기만 하는데 뭐, 자네한테 도움이 된다면 좋은 일이지. 안 그래도 요즘 치료하러 안 와서 궁금하던 참이었네."

"좀 바빴습니다."

충치 치료를 받다가 중단한 상태였다. 예약을 두 번이나 취소하고 난 뒤로 아예 예약조차 하지 않았다.

"나는 영업 사원 말고 환자로 보고 싶은데 말이야."

"죄송합니다."

나는 다시 한번 고개를 숙였다.

"아, 요놈!"

와타나베 원장이 이층으로 통하는 문 쪽으로 고개를 돌렸다. 예전부터 키우던 미니어처 닥스훈트 니코가 짧은 다리로 뒤뚱뒤뚱 다가와 통통하고 짤막한 꼬리를 흔들며 내 주위를 빙글빙글 돌았다.

"니코, 잘 있었어?"

"진료실에는 들어오지 못하게 하는데, 틈만 나면 내려온다니까."

이 곳은 일층이 치과, 이층과 삼층은 주거 공간이다. 니코는 머리를 쓰다듬어 주자 만족했는지, 와타나베 원장에게 혼나기 전에 멀찍이 돌아서 다시 계단을 올라갔다.

"치료할 마음이 생기면 언제든 연락해. 개인적인 상담도 좋고."

"네."

나와 사귀기 시작하면서 사호도 이 치과에 다녔다. 어쩌면 그는 우리 사이에 무슨 일이 생겼는지 어렴풋이 아는지도 모르겠다. 물론 사적인 얘기는 하지 않으니 그저 추측에 불과하지만….

"치과의사협회 모임 때 나눠 줄게."

조금 전 건넨 팸플릿 뭉치를 손에 든 와타나베 원장에게 인사를 하고 병원을 나왔다.

칠월의 하늘은 푸르렀고, 일기예보에 따르면 칠석날이지만 오늘 밤은 날이 맑을 거라고 했다. 견우와 직녀처럼 쉽게 만날 수는 없을지 몰라도 만나려는 노력이라면 나도 할 수 있다.

차에 타는 순간, 찌는 듯한 열기에 숨이 턱 막혔다. 시동을 걸고 에어컨을 최대로 올린 채로 차를 출발시키고 나서야 몸에 달라붙었던 열기가 떨어져 나가는 것 같았다.

덴류하마나코 철도 옆으로 나란히 난 길을 달려 사호의 회사가 있는 가케가와시로 향했다.

그날 메시지로 이별 통보를 받은 뒤로는 사호와 완전히 연락이 끊겼다. 메신저 아이디와 전화번호, 메일 주소까지 모두 바꿔 버렸고, 살던 빌라에서도 이미 이사 간 뒤였다. 두 달 전에는 사호가 다니던 회사에도 연락해 봤지만, 개인정보라며 아무것도 알려 주지 않았다.

좋아하는 사람이 생겼다니, 그럴 리가 없다. 무슨 일이 생긴 게 틀림없다. 물론 아무 일도 없고 단지 나에 대한 마음만 식었을 뿐일 수도 있겠지만….

아무튼 일단 만나서 그녀의 입으로 직접 이유를 들어야겠다.

"꼭 스토커 같네."

처량한 혼잣말을 지우려 라디오를 틀었더니 마침 개그 퀴즈 코너가 흘러나왔다. 진행자의 유쾌한 웃음소리가 비참해진 내 마음을 달래 주듯 경쾌하게 울려 퍼졌다.

사호도 라디오를 좋아했다.

─텔레비전은 자꾸만 보게 되잖아. 라디오는 집안일 하면서도 들을 수 있으니까.

─이 프로그램은 세노바라는 쇼핑몰에서 공개방송으로 진행한대. 보러 가고 싶어.

─내가 올린 사연이 방송에 나왔어! 무슨 프로그램인지는 비밀!

어디에 있든, 무엇을 하든 그녀 생각이 머릿속을 떠나지 않는다.

차였다는 사실을 받아들이면 조금은 편해질까?

비참한 기분을 떨쳐내듯 가속 페달을 깊게 밟았다. 조금이지만 기분이 나아지는 것도 같았다.

사호가 다니는 회사는 가케가와역 근처에 있는 건물 오층이라고 들었다. 가까운 주차장에 차를 세우고 전화를 걸었더니 다행히 리코 씨가 전화를 받았다.

내 전화에 당황하는 기색이 역력했지만, 사호를 만나게 해달라고 부탁하자 자기가 갈 테니 잠시만 기다려 달라며 근처에 있는 카페를 가르쳐 주었다.

오랜만에 본 리코 씨는 전보다 머리 색이 차분해졌고 어딘지 모르게 기운도 없어 보였다. 처음 만났을 때 무뚝뚝하게 대했던 일이 이제 와서 후회가 됐다.

"갑자기 찾아와서 죄송합니다. 사호랑 연락이 안 돼서요."

"아…, 응."

나는 단도직입적으로 물었지만 돌아온 대답은 두루뭉술했다. 리코 씨는 긴 머리카락 끝을 만지작거리면서 나를 흘끔 보더니 안절부절못하며 테이블 위로 시선을 피했다.

그녀는 주문한 아이스커피가 나오길 기다렸다가 그제야 결심이 선 듯 입을 열었다.

"사호랑 헤어졌다는 얘기 들었어. 자세한 사정은 모르지만."

사호가 그 얘기를 했다면 지금 어디에 있는지도 알고 있을지 모른다.

"메신저로 좋아하는 사람이 생겼다고 말하고는 그 이후로 연락이 안 돼요. 아이디랑 전화번호도 바꿨고 집도 이사했더라고요."

"아…."

"한 번만이라도 좋으니까 만나게 해 주세요. 무슨 일인지 본인한테 직접 들어야겠어요."

목소리가 갈라져 빨대도 쓰지 않고 아이스커피를 단숨에 반이나 들이켰다.

리코 씨가 그런 나를 안타까운 눈으로 바라보다가 긴 한숨을 내쉬었다.

"이건 같은 회사에서 일하는 동료로서가 아니라 사호 친구로서 하는 말인데."

"네."

나는 그녀의 연분홍색 입술에서 눈을 떼지 않았다.

"사호, 회사 그만뒀어. 솔직히 말해서 이건 아니지. 큰 행사를 앞두고 일도, 고객도 다 내팽개치고, 나한테조차 말 한마디 없이 어느 날 갑자기 그만두는 게 말이 돼?"

"사호가 이제 여기서 일하지 않는다는 겁니까?"

이사했다는 사실을 알았을 때부터 어렴풋이 짐작은 했었다.

리코 씨가 짜증스럽게 고개를 끄덕였다.

"그것도 대신 퇴직 절차를 밟아주는 업체를 통해서 그만뒀어. 그런 사람인 줄은 정말 몰랐는데…. 덕분에 요즘 매일 야근이야. 솔직히 고소라도 하고 싶은 심정이지만."

"그럼, 리코 씨도 연락처를 모른다는 거군요."

"대학 때 이쪽으로 와서 만났으니까 난 전에 살던 빌라밖에 몰라. 고향은 아이치현이라고 들었는데 이제 거기는 아무도 없지 않아? 부모님은 두 분 다 돌아가셨으니까."

"그렇죠."

맥이 풀렸다. 그나마 있던 한 가닥 단서마저 사라져 버렸다.

"사촌이 있다고 들은 적 있기는 한데 어디 사는지도, 연락처도 몰라. 솔직히 알고 싶지도 않고."

리코 씨가 짜증이 난다는 듯 아이스커피를 마구 휘저었다.

사호의 아버지는 일찍 돌아가셨고 어머니도 우리가 사귀기 시작했을 무렵 병으로 세상을 떠나셨다. 친척들만 모여서 조용히 장례를 치렀다고 들었다. 나는 왜 그때 억지로라도 우겨서 그녀의 고향 집에 따라가지 않았을까, 후회스러웠다.

"결국 나 혼자만 친하다고 생각했던 거지."

그건 나도 마찬가지였다. 임시라고는 해도 연인에서 약혼자로 한 단계 올라섰다고 혼자 들떠 있었다. 그런데 그때 이미 마음이 식은 상태였다면 내 프러포즈는 왜 받아 줬을까?

"리코 씨 말고 사호랑 가깝게 지내던 다른 친구는 없나요?"

"없어. 사호가 좀 소극적이잖아. 다른 사람들을 배려하느라 자기 생각은 말하지 않으니까 다들 귀찮은 일을 떠넘겨서 보기 딱할 정도였어."

데이트 중에 걸려 오는 전화도 사호가 담당하는 일이 아닐 때가 많았다.

"그래서 되도록 친구를 사귀지 않았던 것 같아. 인간관계가 넓어질수록 귀찮은 일들만 늘어나니까. 마모루 씨 만난 뒤로는 미팅 나가자고 권하지도 않았고."

거기까지 말한 리코 씨가 갑자기 입을 다물었다. 하고 싶은 말을 억지로 삼키는 듯해 표정을 유심히 살폈다.

"뭔가 알고 계신 거죠?"

화들짝 놀라는 그녀의 반응이 마치 무대 위에서 연기하는 여배우 같았다.

"그게… 이걸 말해도 될지… 마음에 걸리는 일이 하나 있긴 한데…. 아, 나뿐만이 아니라 회사 사람들 전부 아는 일이니까 내가 착각한 건 아니겠지만…."

방금까지 막힘없이 말을 이어 가던 그녀가 당황하며 횡설수설하기 시작했다. 어설픈 연극 무대를 보는 듯했다.

"사실은 불난 데 기름 붓는 것 같아서 말하고 싶지 않은데…."

"괜찮으니까 다 말씀해 주세요."

나쁜 소식을 들으면 오히려 쉽게 포기할 수 있을지 모른다.

한동안 손끝으로 빨대만 빙빙 돌리던 리코 씨가 돌연 허리를 곧게 폈다.

"작년에 경력직으로 들어온 직원이 있는데, 휴가라고. 그 직원도 사호랑 같은 날 그만뒀어. 둘이 사귀었던 거 같아."

휴가, 들어 본 적 있는 이름이다. 분명 작년 가을쯤 사호에게 들었던 듯하다.

시선을 내린 나는 커피잔을 바라보며 그날 나누었던 대화를 기억에서 끄집어냈다.

* * *

"휴가가 우리 회사에 들어왔어. 다른 회사에서 이직했대."

금요일 퇴근길에는 종종 차로 덴류하마나코 철도 엔슈모리역까지 사호를 데리러 갔다.

오늘도 지친 얼굴로 역에서 나올 줄 알았는데 웬일로 방긋방긋 웃으며 차에 탄 사호가 말했다.

"휴가?"

"전에 얘기했잖아. 같은 동아리였던 대학 후배, 휴가."

설명을 들으니 대학 시절 얘기가 나왔을 때 들었던 기억이 났다.

"테니스 합숙 훈련 때 사고 쳤다던?"

"맞아, 맞아."

사호가 안전벨트를 매면서 피식피식 웃었다.

"혼자서 놀러 나갔다가 시합 시간에 늦었다니까. 게다가 복통까지 일으켜서 다음 날 시합도 취소됐잖아. 집에 가는 전철에서 얼굴이 하얗게 질려서는…."

시동을 걸고 사호의 빌라 근처 슈퍼마켓으로 차를 몰았다. 근처에 갈 만한 식당이 없어서 요즘은 주로 사호 집에서 저녁을 만들어 먹었다.

"남동생 같은 후배야. 좀 엉뚱한 면도 있어. 자기는 절대 거짓말은 하지 않는다나. 그게 자기 신념이래. 요즘 보기 드문 타입이지."

슈퍼마켓 주차장에 도착했는데도 사호의 추억 이야기는 끝나지 않았다.

"그 후배는 왜 너희 회사로 옮겼는데?"

"학교 졸업하고 연락이 끊겼는데 우연히 길에서 리코를 만났대. 그때 리코가 지나가는 말로 우리 회사로 오라고 권했다나 봐. 리코도 정말 이직할 줄은 몰랐던 거지."

방긋방긋 웃는 얼굴을 보고 있자니 기분이 좋지 않았다. 사람을 별로 좋아하지 않는 사호가 다른 사람 이야기를 꺼내는 일도 드물었는데 심지어 웃으며 이야기한 적은 거의 없었다.

"그런데." 사호가 살짝 고개를 기울였다.

"우리 회사가 일하기 좋은 회사는 아니라서 걱정이야."

"네가 많이 도와줘야겠네."

내 말에 그녀가 눈을 동그랗게 떴다.

"응? 내가 어떻게? 내 일도 감당 못 하는데. 그리고 대학 때도 나보다는 리코랑 더 친했어. 어쩌면 두 사람, 잘 될지도 몰라."

"아….'

한순간 긴장이 풀렸지만 내색하지 않고 차에서 내린 나는 자연스럽게 슈퍼마켓 입구로 향했다.

"같이 가!"

사호가 자연스럽게 내 팔을 감았다.

"혹시 질투해?"

"질투는 무슨. 우리는 결혼할 사이인데."

흥, 하고 콧바람을 뿜으며 당당히 가슴을 폈다.

"아직 프러포즈 못 받았거든?"

"알아. 프러포즈는 조가히라 공원에서, 맞지? 그보다 이렇게 바빠서 결혼식도 취소하자고 하는 건 아닐지 겁난다."

"아무리 바빠도 그럴 일은 없어. 그리고 프러포즈 장소는 조가히라 공원 전망대 위라는 거 잊지 마."

바구니를 집어 든 사호가 자동문을 향해 앞서갔다.

쫓아가 그녀 옆에 나란히 섰다. 얼굴도 모르는 사람을 향한 못난 감정은 입구에 버려두고서.

* * *

"견우와 직녀는 만났을까요?"

마사키가 점심으로 시킨 함박스테이크를 입안 가득 넣고 씹으며 물었다.

오늘은 계약 건으로 둘이 함께 공립 모리마치병원을 방문했다. 우리 부모님이 태어나기 전부터 있었던 병원이고, '모리마치병원 앞'이라는 역이 있을 만큼 오랜 역사를 자랑하는 곳이다.

다음 거래처 약속 시간까지 여유가 있어서 후쿠로이시에 있는 패밀리 레스토랑에서 늦은 점심을 먹는 중이었다. 마사키는 밥도

곱빼기로 주문했다.

"어제가 칠석이었으니까 만났을지도 모르지."

함박스테이크 도리아를 주문한 나는 너무 뜨거워서 손도 대지 못했다.

"그럼, 사호 씨도 꼭 만날 수 있을 거예요."

"그 둘이 무슨 상관이야. 그리고 근무 중에-."

"지금은 휴식 시간입니다."

마사키의 말에 나는 도리아를 포기하고 접시 위에 스푼을 내려놓았다. 어제 리코 씨에게 들은 휴가라는 남자 생각이 비구름처럼 마음을 뒤덮었다.

사호가 그 남자와 함께 떠났다면 더는 찾을 필요 없이 깔끔하게 포기하면 그만이다. 그런데도 여전히 그녀를 믿고 싶었다.

"같이 회사를 그만둔 남자가 있대. 직장 동료 얘기로는 둘이 몰래 사귀고 있었던 것 같다더라."

"우와, 진짜요?"

"둘이 도망간 걸지도 모른다는데, 그 말대로 내 얼굴 볼 염치가 없어서 도망친 걸지도…."

더할 나위 없이 비참했다. 나도 모르게 자조 섞인 웃음이 비어져 나왔다.

"그 말을 믿으세요?"

마사키는 그렇게 질문만 던져놓고 훌쩍 자리에서 일어나 음료를 가지러 갔다.

나는 수면 부족으로 반쯤 감긴 눈을 비비며 도리아를 떠서 입에 넣었다. 사호가 사라진 뒤로는 어떤 음식에서도 맛을 느낄 수 없었다. 공기는 탁했고, 세상은 마치 색을 잃은 흑백 사진처럼 보였다.

"안 믿어. 사호는 그런 사람 아니야."

콜라를 가지고 돌아온 마사키에게 그렇게 대답하자 그가 힘껏 고개를 끄덕였다.

삼 년이나 만났으니 그녀에 관해서는 누구보다 내가 잘 안다.

"하지만 모든 면을 다 아는 건 아니죠. 선배한테 보여 준 얼굴이 다라면 아무 말없이 사라진 이유도 알았을 거예요."

"이봐."

"누구나 다른 사람에게 보여 주지 않는 모습이 있어요. 어쩌면 선배가 외면했는지도 모르죠. 보고 싶지 않아서."

그 말을 듣는 순간 깨달았다. 그러고 보니 프러포즈를 한 이후로 사호는 데이트 약속을 계속 취소했다. 그러다 헤어지자는 메시지를 받았다.

"그렇게 말하니까 그런 것도 같다."

솔직히 대답하자 콜라를 한 모금 빨아올린 그가 불쑥 앞으로 몸을 당겨 앉았다.

"메신저를 통해서 헤어지자고 했다고 하셨는데, 왜 프러포즈 장소까지 정해 놓고 이별을 고하죠? 솔직히 좀, 아니 상당히 수상하지 않아요?"

무슨 말을 하고 싶은지는 안다. 나라도 누군가 똑같은 일로 고민한다면, 그만 잊으라고 했을 거다.

"나도 말이 안 된다고 생각은 했어. 마지막으로 만났을 때 결혼 이야기도 했으니까. 아마 다 안다고 생각했지만 몰랐던 부분이 있을지도 모르지. 또 내가 아무리 둔해도 사호한테 다른 상대가 생겼다면 그 정도는 눈치챘을 거야."

마사키의 말대로 내가 모르는 부분이 있었을지도 모른다.

"이건 어디까지나 제 상상이지만 들어 보실래요?"

맞은 편에서 들린 마사키의 목소리에 나도 모르게 고개를 들었다.

"상상?"

"상상이라기보다 직감에 가깝지만요. 들으면 기분 나쁘실 수도 있어요."

무슨 말이든 거리낌 없이 뱉어내던 그가 좀처럼 쉽게 입을 열지 못했다.

"말해 봐. 나도 답답해 죽겠으니까."

경찰서도 찾아갔었다. 경찰관이 내 하소연을 친절하게 들어 주기는 했지만, 정작 가족이 아닌 내가 할 수 있는 일은 별로 없었다.

망설이듯 먹다 만 함박스테이크만 뚫어지게 쳐다보던 마사키가 이윽고 마음을 굳혔는지 고개를 들었다.

"저희 집에서 고양이를 오래 키웠는데요."

여기서 갑자기 고양이 얘기가 튀어나오면 당황할 수밖에 없다.

"그런데?"

"한 마리가 아니에요. 키우던 고양이가 죽으면 다른 고양이를 데려와서 키웠는데 이름은 전부 홈즈로 통일했어요."

의도를 파악할 수 없어서 그의 까무잡잡한 얼굴만 가만히 응시했다.

"고양이는 정말 신기한 동물이에요. 죽을 때가 되면 어디론가 사라지거든요. 주인에게 폐를 끼치지 않으려고 그러는 게 아니라, 자기방어 본능에서 나오는 행동이라고 하더라고요."

"그게 사호랑 무슨 상관-."

"심각한 병에 걸린 거 아닐까요?"

그의 말에 나도 모르게 피식 웃음을 터트릴 뻔했다.

"아니야, 그럴 리 없어."

"그럴까요? 예를 들어 프러포즈를 받은 다음 시한부 선고를 받았다면? 선배한테 상처 주고 싶지 않아서 고민하다가 어쩔 수 없이 헤어지자는 메시지를 보냈을지도 모르잖아요."

이번에는 단박에 반박하지 못했다. 걸리는 부분이 있었기 때문이다.

사호는 다이어트를 한다며 체중을 관리했었다. 데이트를 취소하면서 몇 번인가 몸이 안 좋다고 말한 적도 있었다. 안색을 숨기기 위해서 화장을 진하게 했던 날도 있었고 숨을 쉴 때마다 한숨을 내쉬기도 했다.

만약 정말 시한부 선고를 받았다면 충격을 받은 나머지 아무도 모르게 사라지고 싶었을 수도 있다.

"하지만 그랬다면…."

왜 나한테 말하지 않았을까? 어디까지나 마사키의 상상일 뿐이었지만, 가슴 속에서 불덩어리가 치밀어 올랐다.

내가 사호의 고민을 들어 주었던가? 아니, 그렇지 않았다.

업무 스트레스로 불평을 늘어놓는 사람은 늘 나였고, 사호의 얘기에 귀 기울이지 않았다. 어쩌다 하는 얘기에도 마치 회사 선배라도 되는 양 권위적인 말만 늘어놓았다.

"설마… 입원이라도 한 걸까?"

"그럴 가능성도 있지만 시한부 선고를 받았다고, 모두 다 입원해서 죽을 날만 기다리지는 않아요. 그리고 찾으려고 해 봤자 개인 정보 관리가 철저해서 가르쳐 주지도 않을 거고요."

그럼, 도대체 나보고 어쩌라는 걸까?

머리를 쥐어뜯고 싶었다. 그때 마사키가 그답지 않게 기어들어가는 소리로 말했다.

"저기…, 종착역의 전설이라고 들어 보셨어요?"

"아니."

머릿속이 뒤죽박죽 혼란스러웠다. 전설이라면 전해져 내려오는 이야기, 그 전설을 말하는 건가?

"만나고 싶은 사람을 생각하면서 덴류하마나코 철도 열차를 타고 종착역인 가케가와역까지 가면 그 사람이 기다리고 있다는 전설이요."

그런 전설 따위 아무래도 좋았다. 사호가 병에 걸렸을지도 모른다는 불안한 예감이 점점 현실을 잠식해 갔다.

"제 사촌 중에 미쿠라는 여고생이 있는데요. 어릴 때부터 저랑 사이가 좋았어요. 뭐, 요즘은 자주 만나지 못하지만."

또 무슨 말을 하고 싶은 걸까.

"올봄에 할머니 장례식에서 오랜만에 만났는데요. 그때 걔가 진지한 얼굴로 그러더라고요. 그 전설이 진짜였다고, 그래서 돌아가시기 전에 할머니를 만났다는 거예요."

"아… 그래."

"저도 완전히 믿는 건 아닌데요. 어쩌면 그런 신기한 일이 진짜 일어날지도 모르잖아요. 사호 씨가 어디 있는지 모른다면 선배님도 한번–."

"그만해."

도중에 말을 끊어 버렸다. 딱딱하게 굳은 목소리를 애써 부드럽게 바꾸고 표정도 풀었다.

"미안하지만 지금 그런 터무니없는 얘기나 할 기분이 아니야."

"죄송합니다."

나는 다 식어 빠진 도리아를 입에 밀어 넣으며 고개를 저었다.

"화내는 거 아니야. 걱정해 줘서 고마워. 그래도 아직 전설에 매달릴 정도는 아니야."

사호가 죽을병에 걸렸다니 말도 안 되는 소리다.

내가 아무 맛도 없는 도리아 접시를 비우는 동안 마사키는 핸드폰 게임에 열중했다.

내가 처한 이 상황도 게임이라면 얼마나 좋을까. 손가락 하나로 석 달 전 아무 일도 없었던 그때로 돌아갈 수만 있다면 좋을 텐데.

* * *

프러포즈 예행연습이 끝나고, 트렁크에 넣어둔 예식장 팸플릿을 꺼내 사호에게 보여 주었다. 조수석에 앉은 그녀는 팸플릿에서 눈을 떼지 못했다.

"거래처 근처에 예식장이 있어서 받아 왔어."

"응."

사호의 얼굴을 옆에서 보고 있자니 뿌듯한 마음이 차올랐다. 나도 드디어 결혼을 한다.

사호만 곁에 있다면 그 무엇도 두렵지 않다. 왜 삼 년이나 걸렸을까. 그동안 바보 같던 자신을 한 대 쥐어박고 싶었다. 그만큼 행복했다.

"생각보다 식장이 넓네. 난 친구가 별로 없는데."

"소규모 식장도 있어. 그리고 꼭 여기서 하자는 말은 아니야. 친척들만 초대하는 스몰 웨딩도 괜찮고."

사호가 안심이라는 듯 고개를 끄덕이고는 팸플릿을 다시 봉투에 넣었다.

"결혼이란 게 이렇게 갑자기 하는 거구나."

"무슨 말이야?"

"이대로 계속 연인으로 지내는 건가 했거든. 결혼 얘기가 나와서 좀 놀랐어."

가슴 위에 손을 올린 그녀의 머리 위로 오후의 햇살이 소리 없이 쏟아졌다. 옆에서 바라보는 그 모습이 너무나도 아름다워서 나도 모르게 자세를 고쳐 앉았다.

"조금 전에 한 건 프러포즈 예행연습이었어. 다음에 제대로 할게."

"응, 기대할게. 아, 프러포즈 장소 말인데."

"조가히라 공원 전망대, 맞지?"

"맞아, 기억하고 있었네."

첫 데이트 장소였던 오오타강 벚꽃 길 앞에 있는 산길을 올라가면, 옛 아마가타성城이었던 자리에 조가히라 공원이 있다. 걸어

올라가기에는 조금 힘든 높이고, 그렇다고 차로 가기에는 도로 폭이 너무 좁다.

사호는 공원 안쪽에 있는 전망대를 좋아했다. 아래를 내려다보면 벚꽃 길이 이어져 있고 그 너머로 모리마치가 한눈에 들어온다. 날씨가 좋은 날에는 하마마쓰시에 있는 액트 타워까지 보일 정도다.

"결혼하면 아파트를 살 거라는 계획도 변함없는 거야?"

무슨 이유에선지 사호가 목소리를 낮추며 물었다.

"이 근처에는 아파트가 들어설 계획이 아직 없으니까, 너희 직장 근처도 괜찮아."

그 대답에는 한숨이 이어졌다.

"결혼하면 일 그만둘까 했는데 안 되겠네."

"대출금을 갚아야 할 테니까 아무래도."

"응."

낮게 가라앉는 목소리에 고개를 돌려 사호를 보니, 뺨에 패인 보조개가 보였다. 마음이 놓였다.

"오래된 아파트는 시간이 갈수록 관리하기 힘들어질 테니까 이왕이면 신축이 살기 편할 거야. 그래서 당분간은 맞벌이를 했으면 해."

"알았어, 나도 힘을 보태야지."

그 뒤로도 알 수 없는 미래에 관한 이야기가 이어졌다.

다시 회사로 돌아가야 했던 사호는 집에 도착하자마자 바로 차에서 내렸다.

"조심해서 가."

인사를 나눈 뒤, 그녀가 자신의 차에 올라타는 그녀를 지켜봤다. 그때만 해도 그 모습이 마지막이 될 줄은 꿈에도 몰랐다.

＊＊＊

어릴 때부터 난 치과가 싫었다. 하지만 충치가 워낙 잘 생기는 체질이라, 부모님 성화에 어쩔 수 없이 정기적으로 치과에 다녔다.

난 여전히 치과가 싫다. 이유는 세 가지다. 성인이 되어서도 치과를 다닌다는 게 창피했고, 한 번 다니기 시작하면 치료가 쉽게 끝나는 법이 없으며, 사호가 사라지고 난 뒤로는 그럴 정신이 없었다.

이런저런 핑계를 대며 미루고 미루었건만 어금니 통증은 날로 심해졌다. 집에서 혼자 끙끙대고 있는 것보다는 낫겠지 싶어 결국 어제저녁 무렵 전화를 걸었다.

전화를 받은 치위생사는 토요일은 오전 진료만 있어서 예약이 다 찼다고 말했다. 하지만 곧바로 와타나베 원장이 이른 아침에 봐 주겠다며 직접 연락해 왔다.

"입 헹구세요."

치료를 마치자 치위생사가 왼쪽에 놓인 컵을 가리켰다. 그러고는 부지런히 오전 진료 준비에 들어갔다.

"충치 때문에 아프지? 진통제 좀 처방해 줄까?"

와타나베 원장이 의료용 장갑을 벗으며 물었다.

"네, 부탁드립니다."

치료를 중단했던 충치는 결국 신경까지 번져 버렸다. 한동안은 계속 다녀야 할 것 같다.

"오늘 어디 가?"

"아니요, 특별한 일정은 없어서 집에서 잠이나 자려고요."

"아까워라. 어디든 갈 수 있는 젊은 나이에 여기저기 많이 다녀야지."

"그러게요."

그 순간 마사키에게 들은 이야기가 떠올랐다. 와타나베 원장이라면 그 전설을 알고 있지 않을까?

"저, 이상한 질문 하나 드려도 될까요?"

"물론이지. 뭔데?"

그가 다시 의자에 앉았지만 잠시 뜸을 들였다.

"저기…, 그… 종착역의 전설이라고 아세요?"

며칠 전 마사키에게 들었을 때 인터넷으로 검색해 봤지만, 도무지 관련 정보를 찾을 수가 없었다. 사호와 마찬가지로 나 역시 친하게 지내는 지인이 많지 않아서 기회가 생기면 다른 사람에게 물어보고 싶었다.

"아, 그거."

원장이 눈을 가늘게 뜨고 미소를 지었다.

"가케가와역 얘기 말이지?"

"네, 아세요?"

긍정하는 말이 자연스럽게 나오자 놀란 나머지 나도 모르게 몸을 벌떡 일으켰다.

"옛날부터 전해지던 전설인데 요즘 젊은 사람들은 잘 모를 거야. 만나고 싶은 사람을 생각하면서 덴하마선 가케가와역에 가면 그 사람을 만날 수 있다는, 뭐 그런 얘기-."

"맞아요!"

도중에 불쑥 말을 자르고 끼어들자 뒤에 있던 치위생사가 놀라 눈을 동그랗게 뜨고 돌아봤다.

"아, 죄송합니다. 전설 얘기에 쓸데없이 흥분했네요."

민망해서 얼굴이 다 화끈했다. 와타나베 원장이 그런 나를 보며 고개를 갸우뚱 기울였다.

"정말 전설이라고 생각해?"

안경 너머에 있는 눈동자가 내게 물었다.

"아닌가요…?"

되물었지만 그는 말없이 차트를 적기 시작했다.

"물론 실제로 경험했다는 사람은 본 적이 없어. 애초에 그런 경험을 한 사람이 있다면 전설이라고도 하지 않았겠지."

"그렇겠네요."

하지만 마사키 사촌 동생은 직접 경험했다고 했다. 그렇다면 전설이 아니라는 말이다.

"요즘 자네, 기운 없어 보여서 걱정했는데, 혹시 만나고 싶은 사람이 있었던 건가? 그럼 시도해 보는 것도 나쁘지 않겠지."

"아닙니다, 뭐 그렇게까지 할 건 아니고요."

애써 웃으려 했지만, 오랜 시간 나를 보아 온 와타나베 원장이라면 이미 눈치챘을 수도 있다. 아니나 다를까 그가 다 안다는 듯한 눈빛으로 나를 바라봤다.

"종착역의 전설에 따르면, 두 사람 다 서로를 보고 싶어 해야만 만날 수 있다더군."

사호는 나를 보고 싶어 할까?

선뜻 입을 열지 못하는 나를 보고, 선생님이 어깨를 으쓱 올렸다 내렸다.

"뭐, 전설은 그렇다 치고 가끔은 덴하마선을 타고 느긋하게 자신을 돌아보는 시간을 갖는 것도 나쁘지 않아."

진료비를 계산하고 밖으로 나오자 안개비가 내렸다.

이런 날씨라면 열차를 타도 멋진 풍경을 기대하기는 어렵겠지.

그런 생각을 하면서 나는 역 쪽으로 핸들을 돌렸다.

이별 선언

자갈이 깔린 주차장에 차를 세우고 우산도 쓰지 않은 채 역으로 향했다. 안개비에 흐릿하게 가려진 역사를 보자 저절로 발걸음이 멈춰 섰다. 금요일 저녁이면 항상 사호를 데리러 여기에 왔었다. 지금도 그녀가 역에서 웃으며 나올 것만 같았다.

비에 젖고 있다는 걸 깨닫고 서둘러 역사 안으로 들어가 승차권 자동 발매기에서 가케가와역까지 가는 표를 샀다.

사호를 만나고 싶어서 하다 하다 이제 전설까지 믿다니, 내가 지금 무슨 짓을 하는 거지?

"사호…."

생각하고 또 생각해도 끝없는 미로를 헤매는 기분이다. 하지만 바보처럼 이름만 불러서는 전설을 현실로 만들 수 없다.

승강장 너머로 소리 없이 비가 내렸다. 눈을 가늘게 뜨지 않으면 보이지 않을 정도로 가느다란 빗발 속에서 열차가 드디어 모습을 드러냈다.

와타나베 원장의 말처럼 열차를 타고 느긋하게 시간을 보내는 것도 좋을 듯싶다.

승객들이 다 올라탄 후에 마지막으로 열차에 올랐다. 왼편에 있는 이인용 좌석 창 측에 자리를 잡자 기다렸다는 듯 열차가 움직이기 시작했다. 토요일이라 그런지 좌석마다 가족이나 연인, 동아리 활동을 하러 가는 듯한 학생들이 저마다 즐겁게 이야기를 나누고 있었다.

사호를 만나기 전 내 주변에는 아무도 없었다. 말주변이 없어서 사적으로 누군가를 만나는 일이 부담스럽기만 했다. 하지만 그녀를 만난 순간 내 안의 이성의 벽이 무너져 내렸다. 아니, 폭발하듯 터져 산산조각 났다는 표현이 더 맞을지도 모르겠다.

첫 데이트 날 우리는 오오타강으로 벚꽃 구경을 갔다. 생각보다 인파가 몰려서 임시 주차장에서 벚꽃 길까지 한참을 걸어야 했다.

나와 똑같이 그녀도 옆 사람을 먼저 신경 쓰는 타입이었다.

"괜찮아요?"

"힘들지 않아요?"

그러다 서로가 계속 괜찮은지만 묻고 있다는 사실을 깨닫고 동시에 웃음이 터졌었다.

사호는 그런 사람이다. 고작 메시지 한 통만 남기고 사라질 사람이 아니다. 내가 아는 그녀는 누구보다 성실하고 상대를 배려하는 사람이다.

그렇다면 마사키 말대로 심각한 병에 걸렸을 가능성이 크다. 혼자서 죽음과 사투를 벌이고 있다면 어떻게든 만나서 살려야 한다. 아니, 어쩌면 살려야 하는 건 나인지도 모른다.

주변에서 즐겁게 떠드는 승객들이 부러웠다. 나도 사호와 이야기하고 싶었다. 빗발이 점점 거세지자 창문을 두드리던 빗방울이 부서져 흘러내렸다.

나는 눈을 감고 사호만을 떠올렸다. 결혼하고 싶다고 생각하면서도 적극적으로 추진할 용기는 없었다. 예식장도 팸플릿만 보여 줬을 뿐, 결혼반지 얘기는 꺼내지도 않았다.

사호가 일로 바쁘다는 핑계를 방패 삼아 같은 자리에서 뱅뱅 돌기만 했었다.

"사호…."

그녀는 지금 어디 있을까? 어디 있는지만 알면 세상 끝까지라도 당장 달려갈 텐데.

오오타강만이 아니라 신토메이 고속도로와 공업단지까지 창밖으로 보이는 모든 곳에 그녀와의 추억이 스며 있었다.

얼마나 생각에 잠겨 있었을까. 어쩌면 깜박 잠이 들었었는지도 모르겠다.

문득 정신을 차려 보니 어느새 종착역인 가케가와역이었다. 열린 문으로 빗소리가 들렸다. 출발할 때는 많았던 승객들이 도중에 다 내렸는지 아무도 보이지 않았다.

승강장에 내려서자 개표구 쪽에서 젊은 역무원이 다가왔다. 늦게 내려서 미안한 마음을 속으로 삼키고 그대로 옆을 지나치려던 순간, 그가 나를 향해 고개를 숙였다.

"추억 열차를 이용해 주셔서 감사합니다."

말을 걸어올 거라고는 생각지 못했기에 나도 모르게 몸이 굳었다.

"죄송합니다. 방금 뭐라고 하셨죠?"

나는 상냥한 미소를 머금고 물었다. 이런 상황에서도 영업용 가면을 쓰는 내가 한심했다.

역무원은 실외에서 일하는 직업일 텐데, 지금 앞에 서 있는 남자는 투명할 정도로 피부가 하얬다. 그의 부드러운 머리칼이 칠월의 바람을 타고 가볍게 파도쳤다.

"추억 열차라고 했습니다. 소중한 분과의 추억을 돌이켜 보셨나요?"

무슨 말을 하는 거지? 그는 눈살을 찌푸리는 내 반응에도 아랑곳하지 않고 싱긋 웃기만 했다.

원래 덴류하마나코 철도는 컬래버레이션 이벤트를 자주 진행한다. 혹시 '추억 열차'라는 애니메이션이 있고, 방금 타고 온 열차가 이벤트 열차였을까?

"저는 니토라고 합니다. 잘 부탁드립니다."

그가 다시 한번 정중하게 고개를 숙였다. 실처럼 가는 머리칼이 들썩이는 모습을 보고 화들짝 놀라 나도 급히 고개를 숙였다. 물론 이름까지는 밝히지 않았지만….

어쩌면 신입 사원이라 승객들과 소통하라는 지시를 받았을 수도 있다.

"네… 그럼, 이만."

들릴 듯 말 듯 작게 대답하고는 다시 걸음을 옮기려 할 때였다.

이별 선언

"추억 여행할 준비가 되셨나요?"

마치 날씨 얘기라도 하듯 명랑한 어조였다.

"네? 그게 무슨…."

"추억 여행할 준비가 되었다면, 소중한 사람을 만나길 기대하면서 개표구를 나가 보세요."

철로에 부딪히는 요란한 빗소리가 생각을 방해했다. 승강장 지붕을 때리는 빗소리도 시끄럽게 울렸다.

"그럼… 사호를 만날 수 있나요?"

내가 지금 무슨 소리를 하는 거지? 저 사람이 사호를 알 리도 없는데.

하지만 그는 부드러운 공기를 몸에 걸친 듯 편안하게 미소 지었다.

"상대도 같은 마음이면 만날 수 있습니다."

"… 사호가 여기 있다고요?"

개표구 쪽으로 시선을 돌리자 다리가 멋대로 움직이기 시작했다.

"개표구는 추억의 장소와 이어져 있습니다."

그의 목소리가 빗소리에 묻혔다.

믿고 안 믿고는 이제 중요하지 않다. 잃고 나서야 비로소 깨달았다. 사호가 없는 세상에서 살아간다는 게 얼마나 괴로운 일인지.

보고 싶다. 사호가 보고 싶었다.

개표구를 빠져나가자 강한 바람이 불어와 반사적으로 눈을 감았다. 아직 역사 밖으로 나가지 않았는데 갑자기 왜 바람이…. 그 순간 텔레비전이 꺼지듯 빗소리가 뚝 멈췄다.

눈을 떠보니 믿지 못할 광경이 눈앞에 펼쳐졌다.

"말도 안 돼."

만개한 벚꽃이 시야를 가득 메웠다. 오오타강 벚꽃 길이었다. 제방 양쪽으로 흐드러지게 핀 벚꽃이 서로 손을 맞잡은 듯 벚꽃 터널을 만들어내는 곳. 바람에 날린 꽃잎이 하늘하늘 춤을 추고, 옆에서 오오타강이 흐르는 소리가….

내가… 꿈을 꾸는 건가?

뒤를 돌아봤지만, 개표구는 온데간데없고 벚나무만 줄지어 있을 뿐이다.

순간 이동을 했다 해도 한여름에 벚꽃이 피었을 리 없고, 사람 하나 보이지 않는 것도 이상했다. 조금 전까지 우중충했던 하늘도 파랗게 개었다.

이게… 종착역의 전설일까?

떨리는 손을 뻗어 옆에 있는 벚나무를 만져 보니 까끌까끌한 나무줄기 감촉이 생생하게 느껴졌다. 꿈이 아니다. 분명 현실이었다.

"사호…."

전설이 진짜라면 이곳에 사호가 있다는 뜻이다.

이별 선언

하지만 아무리 주위를 둘러봐도 연분홍빛 길만 길게 이어질 뿐 그녀 모습은 보이지 않는다.

나는 벚꽃 터널 안으로 발걸음을 옮겼다. 점점 빨라지다가 급기야 뛰기 시작했다.

"사호, 사호!"

얼마나 뛰었을까. 벚꽃을 볼 여유도 없이 필사적으로 달리던 그 순간, 앞에 누군가 서 있는 모습이 보였다. 제방 가운데 서 있는 사람은… 사호였다.

"사호!"

목이 터질 듯 그녀의 이름을 부르며 뛰었다. 즐겨 입던 흰색 셔츠에 주홍색 긴치마를 입은 그녀가 나를 보고 웃고 있었다.

그대로 달려가 그녀를 품에 안았다.

"사호, 여기 있었구나. 다행이야, 정말 다행이야."

부서지도록 꽉 끌어안았다. 다시는 놓지 않을 것이다. 절대로. 두 번 다시는 보내지 않을 것이다.

손으로 눈물범벅이 된 얼굴을 쓸어내리고 그녀의 얼굴을 확인했다.

"와 줬네."

"당연하지. 도대체 왜, 왜…."

솟구치는 울음 때문에 말이 제대로 나오지 않았다.

"걱정 끼쳐서 미안해."

"어떻게 된 거야! 왜 갑자기 사라진 건데? 그 메시지는…."

말을 이을 수 없었다. 묻고 싶은 말이 산더미 같았지만 다시 만났다는 안도감에 눈물이 쉴 새 없이 쏟아졌다.

사호가 치마 주머니에서 분홍색 손수건을 꺼내 건넸다. 눈가에 닿은 손수건에서 그녀의 향기가 느껴졌다.

"아무 말없이 사라져서 미안해. 하지만 그럴 수밖에 없었어."

사호가 걸음을 옮기기에 황급히 따라가 옆에 섰다. 손을 잡았지만, 바로 뿌리쳤다.

"리코한테 들었잖아. 나 다른 사람이 좋아졌어."

사호가 시선을 떨어뜨렸다. 바람결에 흩날리는 머리칼이 흔들리는 그녀의 마음을 대변하는 것만 같았다.

"들었어. 휴가라는 사람이라고. 전에 후배라고 했잖아."

"맞아, 미안하지만 그 사람을 좋아하게 됐어. 우리는 이미 끝났어."

그녀의 손을 잡고 억지로 몸을 돌려 내 쪽을 보게 했다.

"거짓말. 네가 그럴 리가 없어."

"오빠가 모르는 나도 있어. 진짜 나는 차갑고 잔인한 마음을 가진 지독한 인간이야. 전에 휴가가 우리 회사로 이직했다고 말했었지. 그때부터 마음이 가기 시작했어. 그러다 그 사람도 나와 같은 마음이라는 걸 확인하고 함께 떠나기로 한 거야."

이 말을 몇 번이나 연습했을까. 막힘없이 술술 쏟아낸 사호가

이별 선언

임무를 완수했다는 듯 큰 숨을 토해냈다.

삼 년을 만났다. 그 말이 거짓말이라는 것 정도는 한눈에 알 수 있었다.

"그래, 아직 내가 모르는 네 모습도 있겠지. 하지만 정말 그랬다면 너는 진작 말했을 거야."

"말했잖아. 오빠한테 보여 주지 않은 모습이 있다고."

머리를 귀 뒤로 넘긴 사호가 따지듯이 나를 쳐다봤다. 그제야 알았다. 지금 눈앞에 있는 사호는 마지막으로 만났을 때만큼 마르지 않았다.

"너도 아직 날 다 모르는구나. 내가 의외로 집요한 면이 있어."

"스토커가 따로 없네."

"전설 속 이야기가 현실이 됐다는 건 너도 나를 만나고 싶어 했다는 말이잖아. 그러니까 이렇게 만난 거 아니야?"

전에도 몇 번인가 다툰 적이 있었다. 사호는 할 말이 없으면 아랫입술을 삐쭉 내밀고 토라진 표정을 짓는 버릇이 있다. 딱 지금처럼 말이다.

"마지막으로 사과하고 싶었을 뿐이야. 그렇지 않으면 오빠가 날 떨쳐내지 못할 것 같아서."

급조해 낸 이유일 뿐이다.

"사호, 하고 싶은 말이 있어."

내가 눈을 똑바로 응시하자 그녀가 시선을 피했다.

"제발 부탁이니까 프러포즈는 하지 마."

"아니야, 여기는 조가히라 공원이 아니잖아."

여전히 양손을 꼭 잡고 있었지만 더는 뿌리치지 않고 고개만 숙이고 있다.

"종착역의 전설에서 다시 만날 수 있는 사람은 죽음을 앞둔 사람이라고 들었어. 같이 일하는 동료도 네가 병에 걸렸을지도 모른다고 하더라."

"정말로… 그렇다면 어떡할 건데?"

웅얼거리듯 작게 나온 질문에 나는 고개를 저었다.

"나도 처음에는 그럴지도 모른다고 생각했어. 시한부 선고를 받은 네가 다른 남자를 좋아한다는 핑계로 나를 떠난 거라고. 그러면 앞뒤가 맞아떨어지지. 하지만 그건 너답지 않아."

"나다운 게 뭔데? 거 봐. 역시 오빠는 아무것도 몰라."

사호가 손을 뿌리치려 하기에 더 힘주어 잡았다.

"너는 항상 최선을 다하는 사람이니까. 아무리 일이 바빠도, 동료가 일을 떠넘겨도 열심히 감당해 냈어. 설령 병에 걸렸더라도, 너라면 도망치지 않고 싸웠을 거야."

고개를 숙이고 있기에 지금 사호가 어떤 표정인지는 알 수 없었다.

"나 때문이야. 네 말대로 내가 너를 제대로 이해하지 못했어."

"아니, 오빠 때문이 아니야."

사호가 싫다고 도리질하는 아이처럼 고개를 저었다.

"얼떨결에 한 프러포즈를 네가 받아 준 이후로 계속 들떠 있었어. 네가 얼마나 힘들었는지 알려고도 하지 않았어."

"그만해…."

"말로만 무리하지 말라고, 힘내라고 했어. 너는 이미 한계를 넘어서서 간신히 버티고 있었는-."

"그만!"

사호가 비명을 지르며 그 자리에 주저앉았다.

컵에 가득 찬 물이 넘쳐흐르기 직전인 상태, 나는 그런 사람에게 프러포즈를 했다. 하지만 당시 기뻐했던 사호의 표정은 진심이었다.

그런 사람에게 내가 뭐라고 했지? 아파트를 사고 대출금을 갚아야 하니 계속 일했으면 좋겠다고, 그렇게 말했다. 전부 내가 멋대로 정하고 그녀에게 따르기를 강요했다. 간신히 버티던 물은 힘을 잃고 흘러넘치다 못해 결국 컵째로 깨져 버렸다.

나는 한쪽 무릎을 꿇고 앉아 사호의 어깨에 손을 올렸다.

"다 내 잘못이야. 내가 못나서… 남들 눈치만 보다가 이렇게 돼 버렸어."

굵은 눈물이 사호의 눈가를 타고 뚝뚝 떨어졌다. 그 모습이 점점 흐릿하게 번져갔다.

나라는 인간이 한심했다. 행복하게 해 주고 싶은 단 한 사람을 오히려 괴롭게 했다. 그리고 그 사실조차 그녀를 잃고 나서야 깨달았다.

"지금 고향 집에 있어?"

살며시 고개를 끄덕인 그녀가 그제야 고개를 들어 나를 바라봤다.

"아무 생각도 할 수 없었어. 내가 저지른 일이 너무 끔찍해서, 숨조차 쉴 수가 없었어. 매일 울다 지쳐 쓰러지기를 반복했어."

사호는 끝이 보이지 않는 삶의 무게에 짓눌려 있었다. 그러던 어느 날, 그녀는 모든 것이 무너져 내리는 소리를 들었다. 발밑이 꺼지는 듯했고, 세상이 무너져 내리는 그 틈 사이로 자신이 끌려 들어가는 느낌이었다. 벽은 점점 좁아졌고, 숨통은 조여 왔다. 도망치지 않으면 정말로 사라질 것만 같았다.

이미 어둠은 너무 가까웠다. 살고 싶다는 마음마저 희미해지고, 세상의 온기는 차갑게 식어 갔다. 결국, 그녀는 사라지는 것만이 유일한 도망이라 믿었다.

우연히 같은 날 회사를 그만둔 후배와 함께였다는 흔적만 남기면, 사람들은 아마 사랑의 도피쯤으로 여길 것이다. 그게 차라리 나았다.

걱정과 동정의 시선보다는 차갑게 오해받고 조용히 잊히는 편이 더 편할 것 같았다.

그녀가 택한 도피는 비겁함이 아니었다. 벼랑 끝에서 마지막으로 몸이 스스로를 지키려 한, 본능의 발악이었다.

"리코 씨랑은 입 맞춘 거지?"

"응, 리코한테는 그냥 오빠랑 헤어지고 싶다고만 했어."

이제야 그날 리코 씨가 보인 반응들이 이해됐다. 정말로 사호와 연락이 되지 않으니 그녀 역시 초조했을 것이다.

"나랑 같이 병원에 가자."

"아니야, 괜찮아. 시간이 지나면 나아질 거야. 나아지면 사과하러 갈 생각이었어."

사호는 정말로 그렇게 믿고 있었을 것이다. 그녀는 자신이 이미 한계에 다다랐다는 걸 알지 못했다. 마음이 병들면, 아픔은 조용히 몸 안쪽으로 스며든다. 겉으론 멀쩡해 보여도, 안에서는 조금씩 빛이 꺼져 간다. 그렇게 자신도 모르는 사이에 사호는 서서히 시들어 가고 있었다.

"안 돼. 이대로 있으면 너도 모르는 사이에 삶을 끝내려고 할지도 몰라. 종착역의 전설은 죽음을 앞둔 사람을 만나게 해 주는 기적이니까."

"내가 결국 그런 극단적인 선택을 할 거란 말이구나."

고개를 끄덕이자 사호의 입술이 믿을 수 없다는 듯 파르르 떨었다.

"아니야, 그런 짓은 하지 않아. 그리고 이제 와 돌아갈 수는 없어. 내가… 무슨 짓을 저질렀는데. 일도, 오빠도 다 내팽개치고 도망쳤잖아."

굵은 눈물이 뺨을 타고 흘렀다. 사호의 진심이 쏟아져 나왔다.

신은 인간에게 감당할 수 있는 시련만 주신다. 하지만 지금 그녀에게 닥친 시련은 신이 내린 것이 아니다.

"도망친 건 아주 잘했어. 내가… 지금까지의 내가 너를 지키지 못했으니까."

말 그대로 '마모루'라는 내 이름값도 제대로 못 했다˚. 지키기는커녕 가장 소중한 사람을 벼랑 끝으로 내몰다니, 한심하기 짝이 없어서 눈물이 멈추지 않는다.

"하지만 지금부터는 아니야. 네 마음이 건강해질 때까지 내가 옆에 있을게. 그러니까 아무 데도 가지 마."

"모르겠어. 나 지금… 꿈꾸고 있는 거야?"

작게 웅크린 사호가 엉망이 된 얼굴로 눈물을 흘렸다.

"나는 네가 없으면 안 돼. 네가 없으면 나도 살 이유가 없으니까. 그러니 제발. 다시 한번만 기회를 줘."

제발 내 진심이 너에게 전해지길….

한동안 고개를 숙였던 사호가 천천히 얼굴을 들었다. 뺨을 타고 흐르는 눈물이 햇빛을 받아 반짝였다.

"아, 아, 그랬구나."

사호가 이제야 깨달았다는 듯 작게 중얼거렸다.

---

* '마모루'는 일본어로 '지키다'라는 뜻이다.

이별 선언

"내가… 삶을 포기하려 했었구나. 나는… 정말 몰랐어."

그녀의 다리가 살짝 풀리자, 나는 급히 사호를 부축했다. 품 안의 사호는 믿기 힘들 만큼 가벼웠다. 지금 내 앞의 이 모습보다 훨씬 더 숨이 꺼져 가는 사람처럼 쇠약해져 있을 것이다.

"나, 비록 한심한 놈이지만 약속해. 내가 널 지켜 줄게."

"지켜 준다는 말, 성차별이야. 나도 강해져서 오빠를 지켜 주고 싶어."

겨우 그려진 그녀의 미소에 이번에는 내가 주저앉고 싶어졌다.

"그래, 우리 서로를 지켜 주면서 살자."

일 따위 어떻게 되든 상관없다. 그녀가 살아서 내 곁에 있어 주기만 한다면 다른 건 아무래도 좋다.

"내가 고향 집 주소 알려 준 적 없지? 나 데리러 와 줄 수 있어?"

"당연하지. 바로 출발할게. 약속해."

차를 가지러 가는 시간도 아까워 이대로 고속열차를 타고 아이치현으로 갈 생각이었다.

활짝 웃으며 사호가 시선을 들어 벚꽃을 바라봤다.

"올해는 벚꽃 보러 못 갔네."

"지금 보고 있으니까 괜찮아."

사호가 내게 손을 내밀었다. 우리는 서로의 손을 잡고 소리 없이 흩날리는 벚꽃을 바라봤다.

벚꽃 터널이 우리의 미래를 축복해 주는 듯했다.

* * *

   조가히라 공원 전망대를 찾은 건, 올해 들어 세 번째다. 지난번에 왔을 때보다 바람이 조금 더 순해져서 봄의 온기가 느껴졌다.

"저기 좀 봐. 벚꽃 길이 너무 예뻐."

   사호의 손끝이 오오타강과 연분홍빛으로 물든 벚꽃 길을 가리켰다.

"정말이네. 아, 죄송합니다."

   벚꽃이 한창인 철이라 전망대는 가족 단위 나들이객으로 조금 붐볐다. 우리는 방해가 되지 않도록 구석으로 살짝 자리를 옮겼다.

"신기해."

   난간에 두 팔을 걸친 사호가 조용히 말했다.

   무슨 말을 하려는 건지, 굳이 듣지 않아도 알 수 있었다.

"맞아… 작년엔 여름에 벚꽃을 봤었지."

"응, 가끔은 지금도 그게 꿈이었을까 싶어."

   오늘에 이르기까지 지나온 날들을 떠올리면, 가슴 깊은 곳에서 안도와 함께 다시금 아릿한 고통이 밀려온다.

   신경정신과 치료를 받으며 약물과 상담을 병행하는 동안, 사호는 여러 차례 불안정한 상태에 빠지곤 했다. 지금도 가끔은 예전의 일을 떠올리며 자신을 탓하지만, 천천히나마 평온한 일상을 되찾아가고 있다.

한 번 무너진 마음을 다시 세운다는 건 결코 쉬운 일이 아니었다. 그럼에도 사호는 이번만큼은 반드시 소중한 사람을 지켜내겠다고 조용히 마음속으로 다짐했다.

회사나 결혼은 나중 문제다. 지금은 그저 사호가 살아 주기만 하면 된다. 이런 마음을 깨닫게 해 준 종착역의 전설이 고맙기만 하다.

태양 빛이 환하게 비추는 이곳의 풍경을 함께 볼 수 있게 해 준 기적에 감사한다.

"오빠."

사호가 나를 돌아봤다.

"여기는 우리에게 추억의 장소잖아."

"물론이지."

"그럼, 프러포즈는 언제쯤 할 거야?"

우리 옆에 서 있다가 우연히 사호의 말을 들은 부부가 눈을 동그랗게 떴다.

"올 때마다 기대하는데 매번 그냥 돌아가니까…."

"아, 그, 그건…."

지난주에 주치의에게 설명을 듣기는 했다. 사호의 상태가 안정적이라 이번에 처방한 약을 먹고 나면 앞으로는 석 달에 한 번 내원하며 경과를 지켜보자고 했다.

"미리 말해둘게. 결혼하면 성이 바뀌잖아? 사실 그게 싫었어."

"응?"

"오빠 성이 호사키잖아. 호사키 사호, 앞으로 읽어도 뒤로 읽어도 호사키 사호잖아. 한자도 겹치고.*"

밝게 웃는 그녀를 보고 있으면 가슴이 따듯해진다.

"그럼, 내가 데릴사위로 들어가서 성을 바꿀까? 그래도 괜찮아. 미치이 마모루도 나쁘지 않은데!"

물론 진심이었다.

"농담이야! 농담! 호사키 사호, 좋은 이름인걸."

당황한 사호가 황급히 손을 내저었다. 동시에 웃음이 터졌다.

나는 부족한 면이 많은 남자다. 하지만 무슨 일이 있어도 그녀의 미소만은 지켜 주고 싶다. 그리고 나 또한 그녀에게 보호받고 싶다. 나는 재킷 주머니에 넣어두었던 반지를 손에 꼭 쥐었다.

사호, 나는 지금부터 너와 평생 함께하겠다는 맹세를 하려 해. 우리의 앞날을 응원하듯 봄바람이 포근하게 감싸 주는 이곳에서.

---

* 일본은 결혼하면 둘 중 한 명의 성을 따른다. 보통 남편의 성을 따르는 경우가 많고, 호사키 사호의 한자는 '穂崎早穂'라고 쓴다.

이별 선언

세 번째 이야기

종착역의 전설

이와노 아키(이십일 세)

오모리역에 내려서자 그리운 향기가 숨을 타고 파고들었다.

덴류하마나코 철도 오모리역은 간이역이라 작은 역사 외에는 아무것도 없다. 고사이시湖西市라는 지명대로 하마나호 서쪽에 있는 작은 역이다. 역 앞이라고는 하지만 빌딩이나 아파트 같은 고층 건물도 없고, 조금 떨어진 곳에 드문드문 단독 주택이 있을 뿐이다.

이곳은 내가 태어난 고향이다. 고등학교를 졸업하자마자 도망쳐 나와 다시는 돌아오지 않겠다고 맹세했던 곳.

입이 썼다. 페트병에 든 차를 입안으로 흘려 넣었지만 그새 미지근해진 온도에 더 쓸쓸하기만 했다.

그나저나 조금 전 코끝을 찡하게 스친 그 향기는 뭐였을까. 다시 숨을 들이켜 보았지만, 어디에서도 익숙한 냄새는 나지 않는다. 몇 년 만에 돌아온 고향이라 잠시 향수에 취했던 걸까.

캐리어 손잡이를 꼭 쥔 채 우두커니 서 있었다. 그때 멀리서 하얀 소형 트럭 한 대가 느릿하게 다가왔다. 시골 마을에서만 어울릴 법한 느긋한 속도였다. 다가온 트럭은 내 앞에 이르러 멈춰 섰다.

"이야! 오랜만이네."

운전석에서 얼굴을 내민 사람은 스즈키 아오야였다. 아오야는 고등학교를 졸업하고 아버지 농원 일을 돕고 있어서인지 피부가 새까말 정도로 그을려 있었다. 기억하기로는 야구부를 그만두면서 머리도 길렀던 것 같은데 지금은 다시 까까머리다.

"데리러 와 줘서 고마워. 정말 오랜만이다."

"네가 동창회에 안 나오니까 그렇지."

아오야가 내 캐리어를 짐칸에 싣는 동안 나는 조수석에 올라탔다. 흙냄새가 차 안에 가득했다.

운전석으로 돌아온 아오야는 눈을 크게 뜨고 나를 찬찬히 뜯어봤다.

"이야, 아키, 고작 이 년 만에 완전히 딴사람이 됐네. 역시 도쿄 물이 다르긴 다른가 봐."

여러 번 말했는데도, 아오야는 여전히 내가 도쿄에 산다고 믿고 있다. 실제로는 가나가와였지만 굳이 정정할 필요까지는 없을 듯했다.

"별로 달라진 거 없거든?"

"아냐, 엄청 어른스러워져서 스무 살로는 안 보이는데. 아, 이제 스물한 살인가?"

아오야는 갈색 점프 수트 작업복 차림에 장화를 신고 있었다. 다시 찬찬히 살펴보니 헤어스타일은 똑같아도 이목구비는 완전히 어른스러워졌다. 아니, 솔직히 아저씨가 다 됐다.

"너야말로 성인이 다 됐네."

"결혼하고 그런 말 자주 들어."

"나보다 위로 보여. 물론 좋은 의미에서."

"그런 말에 좋은 의미가 있기는 해? 뭐, 어차피 나야 원래 노안이지만."

가속 페달을 밟으며 그가 씁쓸하게 웃었다.

다른 사람과 대화할 때는 되도록 밝게…, 철이 들면서부터 항상 의식해 온 습관이라 이제는 자연스럽게 내가 아닌 다른 사람을 연기할 수 있다.

귀청이 찢어질 듯 우는 매미 소리가 자동차 엔진 소리를 덮었다. 차는 드문드문 보이는 집들을 지나 '오렌지 로드'라고 부르는 편도 일 차선 도로를 달렸다. 양쪽으로 보이는 풍경이라고는 논과 밭뿐이다.

"하루는 잘 지내?"

아오야의 입꼬리가 자연스레 올라갔다.

"그 별명 정말 오랜만에 듣네. 하루카를 '하루'라고 부르는 사람은 너밖에 없을걸? 사람들이 하루카 할머니도 똑같이 '하루'라고 불러서 그 별명 싫어했잖아. 뭐, 이제는 돌아가셨지만."

"절친만 누리는 특권이야."

할머니가 돌아가셨다는 얘기는 하루카에게 들었다.

아오야가 핸들을 꺾자 앞 유리 너머로 파란 하늘이 넓게 펼쳐졌다.

"하루 몸은 좀 괜찮아?"

"출산하고 한동안 안 좋았는데, 요즘은 많이 좋아졌어."

하루카와 나는 초등학생 시절부터 친구다. 고등학교 일 학년 때부터 아오야와 사귀던 하루카는 졸업하고 일 년도 지나지 않아 결혼하더니 지난달에 아이까지 낳았다.

이번에 고향에 갈 거라고 연락했더니 자기는 운전을 못 하니까 대신 아오야를 보내겠다고 해서 이렇게 됐다.

"아이 이름이 뭐라고 했지?"

"하루. 그 조그마한 놈이 어찌나 우렁차게 우는지, 요즘 밤마다 잠을 못 자서 피곤해 죽겠어."

하지만 말과 다르게 눈꼬리를 내리고 부드럽게 웃는 얼굴은 조금도 피곤해 보이지 않았다. 결혼도 출산도 너무 빨라서 걱정했는데 두 사람이 행복해 보여서 다행이다.

"왠지 신기해. 친구 둘이 결혼을 하다니."

"이런 건 타이밍이 중요해. 너도 잘 생각해 보면…, 아, 너는 애초에 상대가 없었지?"

"시끄럽다. 있는지 없는지 네가 어떻게 알아?"

피식 웃으며 가볍게 받아치는 또 다른 나를 멀찍이서 지켜보는 기분이다. 진짜 나는 결혼 따위에 손톱만큼도 관심이 없다. 그걸 알면 아오야는 또 어떤 반응을 보일까?

"그렇게 되묻는 건, 없다는 자백이나 마찬가지야. 대도시에 살면 만날 기회도 많을 텐데 왜?"

"그러게 말이다."

"회사에 마음에 드는 사람 없어?"

"있는 거 같기도 하고 없는 거 같기도 하고… 바빠서 그런 생각 할 틈도 없어."

나는 항상 상대 이야기에 적당히 맞춰 대답한다. 이런 내가 나도 싫지만 오래된 버릇이라 고치기가 쉽지 않다.

"아, 미안해. 에어컨이 영 시원치가 않네. 창문 열어도 돼?"

손잡이를 돌려서 창문을 여는 방식이라니, 요즘은 좀처럼 보기 힘든 구형 모델이다.

"괜찮아, 딱 좋은 데 뭐. 에어컨 바람 별로거든."

"하루카가 그러던데 다른 동창들하고는 연락 안 한다며?"

결국 각오했던 질문이 나왔다.

"응, 핸드폰 바꾸면서 연락처가 다 지워졌어."

"하긴, 나도 하루카가 가르쳐 주기 전까지는 예전 번호로 알고 있었어. 그래서 동창 단톡방에도 없었구나."

"미안, 미안. 곧 다시 들어갈게."

물론 핸드폰을 바꿔도 기존 연락처는 그대로 옮길 수 있다. 내가 그렇게 하지 않았을 뿐이다. 고등학교 친구들과 안 좋은 일이 있었던 건 아니지만 이곳을 떠나면서 처음부터 새로 시작하고 싶었다. 지금 돌이켜보면, 그때의 나는 스스로 고독해지려 했던 것 같다.

"고등학교 졸업한 지 이 년 반 정도 지났나? 정말 세월 빠르다. 일은 잘돼?"

"그럭저럭. 고 삼 때 반 애들은 가끔 우리 농원에 놀러 와."

화제를 바꿔 보려고 꺼낸 말인데 다시 고등학교 때 얘기로 돌아가버렸다.

"너희 농원에서 셀러리를 키운다고 했던가?"

"응, 양배추랑 배추, 감자도 키워."

"그렇구나."

그때 오렌지 로드 옆으로 시골에 어울리지 않게 웅장한 건물이 나타났다. 옥상에 설치된 간판에는 '고사이 제2 병원'이라고 쓰여 있었다.

종합병원이 하나뿐이었던 고사이시에 올봄 새 병원이 문을 열었다.

"생각보다 크네. 고사이병원보다 훨씬 커 보여."

"차라리 역 앞에 세우지, 왜 이런 곳에 세웠냐고 말들이 많아."

"버스는 다니지?"

"민원이 엄청나게 쏟아져서 고육지책으로 노선을 만들었다더라. JR선 역에서는 그나마 자주 있는 모양인데, 덴하마선 역에서는 한 시간에 한 대 있을까 말까야."

"그래도 버스가 다니는 게 어디야."

주차장에 차를 세우자, 앞 유리 너머로 비친 웅장한 병원 건물이 눈부실 만큼 번쩍거렸다.

"누가 입원했어?"

"친척 아주머니. 고향에 왔는데 병문안도 안 오면 섭섭해하실 것 같아서."

너스레를 떠는 나를 보며 아오야가 피식 웃으며 어깨를 으쓱였다.

"농원에서 멀지 않으니까 필요하면 언제든 얘기해. 오고 갈 때 태워 줄게."

"부모님하고 같이 다닐 거니까 괜찮아. 그보다 내 캐리어 잘 부탁해."

짐은 아오야가 집에 가져다주기로 했다.

"걱정하지 마. 아저씨랑 아주머니가 너 오기만을 얼마나 기다리셨다고. 그럼, 간다. 하루카 통해서 또 연락해."

오랜만의 재회를 담담하게 마친 아오야가 다시 차에 시동을 걸었다. 멀어져 가는 트럭 옆면에 적힌 '스즈키 농원'이라는 글자가 선명하게 눈에 들어왔다.

혼자가 되니 비로소 긴장이 풀렸다. 아오야의 트럭이 시야에서 완전히 사라지자 가방에서 봉투를 꺼냈다. 봉투에 인쇄된 '소견서'라는 글자를 본 순간 예리한 통증이 가슴을 찔렀다.

우울증 진단을 받고 질병 휴직 중이라는 사실은 아무에게도 말하지 않았다. 도저히 입이 떨어지지 않아서 집에도, 하루카나 아오야에게도 그저 여름휴가를 길게 받았다고만 둘러댔다.

자동문을 지나 안으로 들어서자 상쾌한 에어컨 바람이 몸을 감쌌다. 접수처로 가서 소견서를 내밀자 직원이 친절하게 문진표를 건넸다. 최근 몇 년간 이 병원 저 병원 다니다 보니, 진료 절차에 제법 익숙해졌다.

나는 북적이는 대기실 한구석에 앉아서 문진표를 작성했다. 증상을 묻는 칸에 나열된 항목 중 '잠을 자지 못한다' '머리가 멍하다' '의욕이 없다' '식욕이 없다'를 비롯해 절반 이상에 동그라미를 쳤다.

내가 병에 걸렸다고는 꿈에도 생각하지 못했다. 반년 전에 직장 상사가 병원에 가 보라고 했을 때조차 나는 아무런 자각 증상도 느끼지 못했다. 그 뒤로 수면유도제와 신경안정제가 바뀔 때마다 증상은 점점 악화되었고, 급기야 아침에 눈을 뜨는 것조차 힘들어졌다. 고향으로 돌아오게 된 것도 상사의 완강한 권유 때문이었다.

하지만 나는 지금도, 그저 잠시 지쳐 있을 뿐이라고 생각한다.

의사를 만나 봤자 달라질 건 아무것도 없는데….

"드디어 다음 달이 결혼식이네."

불쑥 들려온 남자의 목소리에 흠칫 놀라 상념에서 벗어났다. 건너 건너 소파에 앉은 남자가 한 말인 듯했다.

"목소리가 너무 커."

남자 옆에 앉은 여자가 주의를 줬지만, 얼굴은 활짝 웃고 있었다. 삼십 대쯤으로 보이는데, 수수한 단색 옷이 잘 어울렸다.

"평생에 단 한 번이잖아. 혼인 신고는 했어도 결혼식은 또 다른 얘기지. 요즘은 매일 가슴이 두근거린다니까."

"마음은 알겠는데 여기는 병원이잖아."

여자가 쉿, 하고 손가락을 입술에 댔다. 연한 화장에 귀여운 인상이 누가 봐도 한눈에 알아볼 만큼 공들인 메이크업이었다. 그 모습이 괜스레 나와 대비되어, 순간 얼굴이 화끈거렸다.

여기서도 결혼 이야기를 듣네….

왜 다들 결혼을 하는 걸까? 영원한 사랑의 맹세 따위는 결국 착각일 뿐인데 말이다. 고작 몇 년 사귄 사람과 평생 함께 사는 일이

쉬울 리 없지 않은가. 어차피 우리 부모님처럼 비참한 결말을 맞을 뿐이다.

"그런데."

여자가 부드럽게 눈매를 휘며 말을 이었다.

"좀 멀기는 해도 이 병원으로 옮기길 잘한 것 같아."

"그렇지. 사람마다 잘 맞는 의사가 있으니까."

그는 잠시 말을 고르더니, 조심스레 말을 이었다.

"그보다… 식 올리고 나서 말인데―."

행복해 보이는 두 사람의 대화가 계속됐다. 나는 서둘러 문진표를 작성해서 접수처에 있는 직원에게 건넸다.

"잠시만 기다려 주세요."

"알겠습니다."

"삼십삼 번 환자분 진료비 계산 도와드리겠습니다."

접수 직원이 똑같은 번호를 재차 불렀다.

아무도 반응을 보이지 않자 포기했는지 서둘러 키보드를 두드렸다. 모니터에 '호사키 사호'라는 이름이 나타났다.

"성함으로 부르겠습니다. 호사키 사호 님! 안 계시나요?"

그 순간 조금 전 본 여자가 선생님께 지명당한 학생처럼 자리에서 벌떡 일어섰다.

"여기요! 죄송합니다."

새빨갛게 달아오른 얼굴로 황급히 뛰어온 여자가 가방에서 지갑을 꺼냈다.

호사키 사호… 앞으로 읽어도 뒤로 읽어도 같은 이름이다. 혼인신고를 했다고 했으니 결혼하면서 이름에 재미있는 특징이 생겨 버린 모양이다. 나는 행복해 보이는 그녀의 얼굴을 보며 다시 한 번 생각했다.

아무리 그래도 결혼은 미친 짓이다.

돌아갈 때는 병원 셔틀버스를 탔다. 버스라고는 하지만 일반적인 노선버스는 아니고 역까지만 운행하는 작은 승합차였다.

오모리역으로 돌아가는 동안 요란한 매미 울음소리에서 벗어나고 싶어서 블루투스 이어폰을 귀에 꽂았다. 처음 취업했을 때 자주 듣던 플레이리스트를 틀었지만, 음악이 한 귀로 들어와 한 귀로 빠져나갈 뿐이다. 가슴을 울리기는커녕 잡음처럼 거슬리기만 한다. 음악을 끄고 그냥 귀마개로 쓰는 편이 낫겠다.

새로 만난 주치의는 당분간 상태를 지켜보자고 했지만, 이곳에 오래 머무를 생각은 없다. 하루라도 빨리 가나가와로 돌아가 복직해야 한다.

애당초 내가 우울증이라니, 오진이 분명하다. 그냥 일이 너무 바빠서 피로가 쌓였을 뿐이고, 불면증이나 입맛 없는 증상도 집에서 며칠 쉬면 좋아질 일이었다. 오늘 진료도 질병 휴직 수당 신청에 필요한 서류 때문에 어쩔 수 없이 받았을 뿐인데….

"아아."

한숨이 터져 나왔다.

최근 몇 주 동안 회사 기숙사에 틀어박혀 꼼짝도 하지 않았다. 그대로 기숙사에서 쉴 수도 있었지만 늘 불만투성이인 상사가 부모님 댁으로 가라고 권했다.

─나도 젊었을 때 우울증을 앓아 봐서 잘 알아. 혼자 있으면 안 돼.

나에 대해 아무것도 모르면서 마치 자기 말이 정답이라도 되는 듯 충고했다. 게다가 어느새 나도 모르는 사이에 이미 결정된 일처럼 회사 안에 소문이 퍼져 있었다.

휴직 기간은 석 달. 다음 진료 때 건강해진 모습을 보여 주면 그보다 빨리 복직할 수 있을지도 모른다.

다만 그동안은 어쩔 수 없이 집에 있어야 한다는 현실이 나를 괴롭혔다. 취업한 이후로는 한 번도 집에 가지 않았고 전화도 거의 하지 않았다.

버스에서 내린 나는 집과 반대 방향으로 걷기 시작했다.

집에 가기에는 아직 이른 시간이다. 진료가 길어졌다고 생각하고 잠시 근처에서 시간을 보내다 가도 될 듯싶었다. 문제는 오모리역 근처에는 시간을 보낼 만한 가게가 없다는 거다. 난감해하던 차에 핸드폰이 울렸다. 화면에 하루카가 보낸 메시지가 떠 있었다.

병문안 마쳤어? 집에 가기 싫으면 만날래?

역시 내 절친. 자주 연락하고 지내지도 않았는데 말하지 않아도 척하면 척이다.

그래 주면 나야 고맙지.

아키, 나 지금 산책 나왔거든. 오모리 공원에 있어.

오모리 공원이라는 공원은 없다. 우리는 오모리역 근처 벤치가 있는 공터를 그렇게 불렀고, 하굣길에 거기서 수다는 떠는 일이 일상이었다.
그러고 보니 나는 그때부터 집에 들어가기 싫어했었다.

이 분 안에 갈게.

벤치를 향해 걸음을 옮기려던 순간, 눈앞의 차단기가 내려갔다. 곧 선로가 진동하며, 열차 한 대가 오모리역으로 미끄러져 들어왔다.
금발에 가까운 노란 머리 여자가 열차에서 내렸다. 한여름인데도 위아래로 검은 옷을 입었고 짧은 치마 아래로 하얀 다리가 훤히 드러나 보였다. 승강장 위에서 선로를 건너는 나를 내려다보는 여자의 얼굴이 낯익었다.

"너… 고유미?"

내가 기억하는 동생의 모습과는 전혀 다른 얼굴이었지만 생각보다 말이 먼저 튀어나왔다.

동생은 이렇게 짙은 화장을 하는 애가 아니고 머리 색도 저렇지 않았다. 무엇보다 저렇게 긴 속눈썹을 붙인다고?

어색한 눈동자가 못 볼 거라도 본 듯 날카롭게 나를 쏘아봤다.

"언니가 왜 여기 있어?"

고유미가 물었다. 따지듯이, 아니, 실제로 따지고 있는지도 모른다.

나 역시 설마 이런 곳에서 동생을 만날 줄은 미처 몰랐다.

선로를 건너와 승강장 끝으로 뛰어갔다.

"완전히 딴사람이 됐네. 너무 달라져서 몰라봤어."

친근한 미소가 자동으로 얼굴에 그려졌다. 하지만 동생은 짜증스럽게 혀를 찰 뿐이었다.

"왜 여기 있냐고 물었잖아."

"아… 이모랑 이모부한테 못 들었어? 나 한동안 여기 있을 거야."

"이제 와서?"

코로 긴 한숨을 뿜어낸 고유미는 그대로 내 옆을 지나쳐 승강장을 나가 버렸다.

역사 뒤쪽으로 돌아가니 앞서가는 동생의 뒷모습이 보였다. 뒤도 돌아보지 않고 걷는다. 그새 키는 많이 자랐는데 안짱다리로 걷는 버릇은 여전했다.

나보다 여섯 살이 어린 동생은 중학교 삼 학년이다. 오늘은 평일인데 학교에 있어야 할 애가 왜 저런 차림으로 여기에 있을까? 하지만 쫓아가서 다그쳐 봤자 가시 돋친 시선과 말만 돌아올 것이 뻔했다.

그런 생각에 공원 쪽으로 몸을 돌렸지만, 쿵쿵 뛰는 심장 박동이 점점 빨라졌다.

―나도 돌아오고 싶지 않았어.

조금만 더 있었으면 그렇게 말할 뻔했다.

방금까지 맑았던 하늘에 검은 구름이 드리우기 시작하자, 무거워진 마음이 한층 더 무거워졌다.

오랜만에 만난 하루카는 몰라보게 달라져 있었다. 애지중지하던 긴 생머리는 짧게 잘라 하나로 질끈 묶고, 늘 치장에 목숨을 걸던 애가 화장기 없는 맨얼굴이었다. 무엇보다 햇볕에 그을려 까무잡잡해진 모습에 입이 떡 벌어졌다.

내 눈빛의 의미를 알겠다는 듯 하루카가 자기 팔을 보며 웃었다.

"밭일을 돕다 보면 탈 수밖에 없어. 선크림을 아무리 발라도 소용 없다니까."

"농원 일이 무척 바쁜가 보네."

"이보다는 편할 줄 알았는데 완전히 일당백이야. 시부모님이 잘해 주시기는 하지만 두 분 다 허리가 안 좋으시거든. 아이 낳은 지 얼마 안 된 내가 움직일 수밖에 없는 상황이야."

투덜거리면서도 행복해 보이는 얼굴, 그 위로 조금 전 병원에서 본 커플 모습이 겹쳐졌다.

내가 마지막으로 저렇게 웃었던 게 언제였지?

"그나저나 너야말로 괜찮은 거야?"

하루카가 허리를 숙여 내 얼굴을 빤히 들여다봤다.

"왜?"

"여름휴가라는 거 거짓말이지? 너 취직한 뒤로 제대로 휴가 쓴 적 없잖아."

"아, 뭐… 그랬지."

옛날부터 하루카는 내 거짓말을 단번에 알아차렸다. 고등학생 때도 내가 괜찮은 척할 때마다 지금 같은 얼굴로 보곤 했다.

결국 아무한테도 말하지 말라는 당부와 함께 휴직 중이라는 사실을 털어놓았다. 다만 걱정할 게 뻔하니 병명까지는 말하지 않았다.

그저 잠을 잘 자지 못한다, 가끔 머리가 멍해질 때가 있다, 기운이 없고, 식욕이 없을 뿐, 별일은 아니라고 적당히 포장해서 돌려 말하니 정말로 별일 아닌 것처럼 느껴졌다.

"역시 그랬군."

하루카가 탐정처럼 턱 아래 손을 받쳤다.

"인터넷에서 봤는데 너희 회사, 악덕 기업이라고 말이 많더라. 그렇게 이직률 높은 회사는 처음 봤어."

"나도 들었어. 사람을 뽑아도 금방 그만둬 버리고, 요즘에는 여러 명이 한꺼번에 그만두기도 해. 그러다 보니까 충원이 제때 되지 않아서…"

거기까지 말하다 입을 닫았다. 부정적인 감정이 말과 태도에 드러나지 않도록 항상 신경 쓰는데, 하루카 앞에서는 나도 모르게 본래 모습이 나와 버린다.

"그래도 별 수 있나. 열심히 하는 수밖에. 조금 쉬고 돌아갈 생각이야."

지금도 나를 대신해 고생하는 사람들이 있다. 상사는 미워도 동료들에게 부담을 줄 수는 없다.

"너는 옛날부터 뭐든 너무 열심히 해. 그러다 마음이 지친 거야."

"몸이 피곤하기는 한데 마음은 잘 모르겠네."

이 벤치에 앉아서 하루카와 이야기를 나누는 게 몇 년 만인지. 하루카는 다른 사람 앞에서 일부러 밝은 척만 하던 내가 솔직해질 수 있는 유일한 사람이었다.

우리는 하루카가 아오야와 사귀기 시작하면서 미묘하게 갈라졌었다. 그 무렵 나는 대도시로 나가고, 하루카는 결혼을 선택했다. 그렇다고 딱히 사이가 멀어진 건 아니다. 만나면 언제든지 이렇게 다시 예전처럼 얘기할 수 있으니까.

"아저씨랑 아주머니한테 마음껏 투정도 부리고 그래. 두 분 너 떠나고 많이 적적해하셨어."

"아…, 응."

모호한 대답으로 얼버무리려다 말을 덧붙였다.

"두 분 다 좋은 분이시지. 우리 자매를 친자식처럼 키우셨으니까."

친부모님은 내가 어렸을 때 이혼하셨다. 나는 여섯 살, 동생은 막 태어난 갓난쟁이였다.

내 기억 속의 부모님은 늘 싸우고 있었다. 마치 서로의 흠을 찾아내야만 숨을 쉴 수 있는 사람들처럼. 매일같이 서로를 잡아먹을 듯 소리를 질렀고, 결국 이웃의 신고로 경찰이 찾아온 적도 있었다.

아버지 얼굴은 기억도 나지 않는다. 원래 아이를 좋아하는 사람이 아니어서 어지간히 기분이 좋지 않으면 다정하게 말을 걸어 주지도 않았고, 어쩌다 애정을 보이다가도 금세 질려서 매정하게 밀어내기 일쑤였다.

그래서 엄마가 이혼한다고 했을 때 다행이라고 생각했다. 그렇게 집을 나간 아버지는 얼마 지나지 않아 사고로 돌아가셨다고 들었다.

딱히 슬프지도 않았다. 담배를 하도 피워서 누렇게 변해 버린 이를 드러내고 웃으며 천벌을 받았다고 말하던 엄마도 그래 보였다.

이제 더는 싸우는 부모 사이에서 떨지 않아도 된다고 생각했다. 앞으로 우리 세 식구만 화목하게 살면 된다고. 비좁은 집 같은 건 아무래도 상관없었다. 하지만 그런 날도 그리 오래가지 않아 끝이 나 버렸다.

하마마쓰역 앞 술집에서 일하기 시작한 엄마는 점점 화려해졌다. 내가 학교를 마치고 돌아오면 동생을 맡기고 일하러 나갔다가 다음 날 첫차를 타고 돌아오는 날이 많아졌다. 그러다 내가 여덟 살이 됐을 때 고작 몇만 엔을 놓고 집을 나가 버렸다.

처음에는 엄마가 금방 돌아올 거라고 생각했다. 동생을 혼자 둘 수 없어서 학교도 가지 않고 엄마가 돌아오기만을 기다렸다. 걱정이 되어 집에 찾아온 선생님이 우리 형편을 깨닫고 곧바로 경찰에 신고했고, 그제야 우리는 어른들의 보호를 받게 됐다.

그 뒤로는 엄마를 보지 못했다. 그런데도 버려졌다는 사실을 받아들이기까지는 꽤 오랜 시간이 걸렸다.

엄마의 언니인 미즈요 이모는 울고 있던 우리 자매를 데려가 정성껏 키워 주셨다.

"너는 아직도 진짜 부모님이라고 생각하지 않는 거지?"

낮게 깔리는 하루카의 목소리가 나를 질책하는 것처럼 들렸다.

"그런 게 아니라―"

"아니긴 뭐가 아니야. 넌 옛날부터 빨리 독립하고 싶다는 말을 입에 달고 살았잖아. 두 분 눈치 보면서 사는 게 힘들었던 거 아니야?"

"뭐… 그런 생각도 했지. 집을 나오면 조금은 편해질 줄 알았어."

솔직한 내 대답에 하루카가 천천히 고개를 끄덕였다.

"그래도 지금은 요양 중이잖아. 이럴 때라도 마음을 열고 두 분께 좀 기대."

무슨 뜻인지는 안다. 그래야 한다고도 생각한다. 하지만 그러면 엄마를 배신하는 것만 같아서 죄책감이 들었다.

"하여간 넌 옛날부터 아픈 데만 찌른다니까."

"칭찬으로 들을게. 고마워."

듣기 싫다는 티를 내도 하루카는 눈썹 하나 까딱하지 않는다.

등받이에 몸을 기대자 넓게 펼쳐진 파란 하늘이 시야를 가득 메웠다. 돌아왔다는 그리움과, 돌아오고 말았다는 후회가 뒤섞여 마음이 복잡했다.

가나가와에서도 자주 하늘을 올려다보곤 했다. 빌딩 사이로 보이는 작은 하늘도 예뻤지만, 역시 이곳의 하늘과는 전혀 다르다.

"너, 그 전설 기억해?"

그때 하루카가 정면을 바라본 채로 불쑥 물었다.

"전설? 아아, 종착역의 전설 말하는 거야?"

"맞아, 추억 열차를 타고 만날 수 없는 사람을 만나고 싶다고 간절히 바라면 종착역에서 만나게 된다는 전설."

"기억하지. 우리도 한 번 도전했었잖아."

중학교 이 학년 때 반에 유행처럼 퍼졌던 전설이었다.

당시 미쓰키라는 여배우의 팬이었던 우리는 좋아하는 배우를 만나고 싶다는 일념으로 열차를 탔었다. 물론 만나지 못하고 돌아왔지만.

그리운 옛 추억이 가슴속을 따뜻하게 데웠다.

"열차를 타고 가는 동안 정말 재미있었잖아. 만나고 싶은 사람을 생각해야 하는데 하루, 네가 계속 다른 얘기만 했지."

"너도 재밌다고 신나게 웃었으면서. 그랬으니 만날 수 있을 리가 없지."

도시로 나가 매일 정신없이 일에 쫓기며 살면서도 그날의 일만큼은 여전히 보석처럼 반짝이는 추억으로 간직하고 있었다. 하루카도 기억하고 있다는 사실이 새삼 기뻤다.

"있잖아."

하루카가 머뭇머뭇 다시 입을 열었다.

"그 전설이 진짜라면?"

"뭐?"

나를 보는 하루카의 눈빛이 진지했다.

"종착역의 전설은 진짜였어."

"잠깐…, 너 진심으로 하는 소리야? 우리 실패했었잖아."

"그건 우리가 미쓰키를 생각하지 않았기 때문이야. 그리고 상대도 우리를 만나고 싶어 해야만 만날 수 있으니까, 애초에 만날 수 없었던 거지."

"지금 무슨 소리를 하는 거야?"

장난으로 하는 말이 아니었다. 때마침 매미 울음소리마저 뚝 끊겼다.

한동안 뜸을 들이던 하루카가 내 눈을 똑바로 바라봤다.

"친어머니를 만나고 싶은 거지? 그럼 다시 한번 전설을 믿어 봐."

내가 멍하니 눈만 끔뻑이고 있는 사이에 하루카가 벤치에서 훌쩍 일어섰다.

"그냥, 문득 생각나서 해 본 말이야."

피식 웃은 하루카가 자기 집 쪽으로 시선을 돌렸다.

"슬슬 가 봐야겠다. 시어머니한테 하루야 맡기고 왔거든."

"아, 응."

매미가 다시 요란하게 울기 시작했다.

"다음엔 우리 집에 놀러 와. 내키지 않으면 여기서 만나도 좋고."

"알았어."

시끄러운 매미 소리 때문에 하루카의 목소리가 잘 들리지 않았다.

"그럼, 먼저 간다."

하루카가 옛날처럼 가볍게 손을 흔들고 몸을 돌렸다.

집에 가고 싶지 않은 내 마음을 아는 거다. 그래서 실제로 일어날 리 없는 전설 이야기를 꺼냈겠지.

딱히 엄마 생각을 따로 하지는 않는다. 잊었다기보다는 항상 머릿속에 있으니 떠올리는 행동을 일부러 할 필요가 없어서다.

나는 모든 부모는 자식을 무조건 사랑한다고 생각했다. 그러니 엄마는 피치 못할 사정으로 어쩔 수 없이 우리 곁을 떠날 수밖에 없었을 거라고 믿었다. 실제로 이모에게 물었을 때도 비슷한 대답을 들었던 것 같다.

하지만 딱 한 번 엄마에게 전화가 걸려온 적이 있었다. 이모 집으로 오고 며칠이 지난 어느 날 오후, 여름의 무더위를 깨뜨리듯 집 전화가 요란하게 울렸던 그날. 이모와 이모부는 입양 신청 때문에 처리할 일이 있어서 고유미를 데리고 시청에 갔었다.

"뭐야, 이모네 있었어?"

전화를 받자마자 엄마가 꺼낸 첫마디였다.

"시설로 가는 게 나았을 텐데. 그건 그렇고 이모한테 실종 신고 좀 취소하라고 해."

다 말라 버린 줄 알았던 눈물이 홍수라도 난 듯 펑펑 쏟아졌다. 나는 묻고 또 물었다.

"언제 데리러 올 거야?"

"집에 가고 싶어."

"빨리 와, 엄마."

엉엉 울면서도 전화기에서 들리는 소리에 귀를 기울였지만 엄마는 아무 말도 하지 않았다. 시끄러운 매미 울음소리 때문에 혹시라도 엄마 목소리가 들리지 않을까 봐 수화기를 귀에 바짝 붙였다.

"괜히 기대하는 게 더 불쌍하니까 확실히 말해 줄게. 이게 네 운명이야. 그냥 받아들이고 살아. 결국 인간은 다 혼자거든. 그래도 미즈요 이모가 있어서 얼마나 다행이니."

그것이 내가 들은 엄마의 마지막 말이었다.

그 말을 듣고도 무슨 뜻인지 몰라서, 여러 번 전에 살던 집을 찾아갔었다. 그곳에서 나를 기다리는 건 우체통에 꽂힌 광고 우편물과 굳게 닫힌 현관문뿐이었지만…. 여름이 지나고 가을을 넘어 눈이 내릴 때쯤에야 현실이 보이기 시작했다.

옛집 앞에서 서럽게 우는 나를 데리러 올 때마다 이모는 항상 미안하다고 했다. 아무 잘못도 없으면서 매번 미안하다며 나를 꼭 안아 주었다.

그런데도 정신을 차려 보면, 전에 살던 집 앞에 서 있었다. 난간에 기대 담배를 피우는 엄마의 모습을 기대하고 갔다가 실망하기를 되풀이했다. 언젠가는 엄마가 돌아와 누런 이를 보이며 "속았지" 하고 웃어 줄 거라고 믿었다.

하지만 우리가 이모네 집으로 옮겨간 지 두 달쯤 지났을 때, 그 집에는 어느새 한 번도 본 적 없는 사람들이 새로 이사 와 있었다.

그제야 깨달았다. 이제 다시는 엄마를 만날 수 없다는 걸. 그날 이후 나는 엄마의 얼굴과 목소리를 잊지 않기 위해, 매 순간 기억을 더듬으며 살았다.

사랑해서가 아니다. 증오가 엄마에 대한 기억을 놓지 못하게 했다. 언젠가 엄마를 만나면 몸 안에 들러붙은 질척한 증오를 전부 던져 버리고 싶었다. 그 시절에 종착역의 전설을 들었다면 망설이지 않고 바로 열차에 올라탔을 거다.

하지만 나는 이제 스물한 살이다. 근거도 없는 전설을 믿을 만큼 어린애도 아니고, 엄마에게 내 분노를 쏟아낼 수 있는 날은 영원히 오지 않으리라는 것도 안다.

깊은 한숨을 쏟아내고 집을 향해 발걸음을 옮겼다. 무거운 납덩어리라도 달린 듯이 발이 쉽게 떨어지지 않았다.

여름날의 하늘은 눈물이 날 만큼 푸르렀다.

오래된 이층집, 나는 이곳에서 자랐다. 이모부 밭 한가운데에 덩그러니 지어져 가까이에 다른 집은 없다.

처음 이 집에 왔을 때는 집에서 보이는 하늘이 너무 넓어서 불안했었다. 이렇게 외진 곳에 있으면 엄마가 찾아오지 못할까 봐 걱정도 됐다.

현관문을 열자마자 이모가 울면서 종종걸음으로 복도를 달려왔다.

"아키, 어서 오렴. 이게 얼마 만이니. 더 예뻐졌네. 머릿결도 어쩜 이렇게 고와."

이모가 꽃무늬 손수건으로 눈가를 훔쳤다. 체구가 작은 이모는 쉰이 넘은 나이에도 여전히 소녀 같았다. 눈물이 많은 것도 여전하고.

"어서 들어오렴. 이모부도 금방 밭에서 돌아오실 거야. 너 오기를 얼마나 기다리셨다고. 가방은 네 방 앞에 놔뒀어."

"응, 고마워."

"얼굴 보니까 너무 좋다. 오늘은 네가 좋아하는 닭고기 튀김을…."

다시 황급히 주방으로 돌아가며 한 말이라 뒷부분은 들리지 않았다. 이모는 천성이 천진하고 해맑은 사람이다.

신발장 위에는 나와 고유미의 사진이 잔뜩 올려져 있었다. 이 집에 온 직후에 놀러 갔던 하나마호 파루파루 유원지에서 찍은 사진도 있었다. 이때부터 벌써 가짜 미소를 만들 줄 알았는지, 어색했을 텐데도 나는 하얀 이를 보이며 활짝 웃고 있었다.

그 옆으로 중학교 입학식 사진, 고등학교 졸업식 사진, 집을 떠나던 날 정원에서 찍은 가족사진도 있었다.

주방은 전보다 더 낡은 티가 났고 거실에는 예전부터 있던 소파와 전보다 커진 텔레비전만 있었다.

"책장은 어디로 갔어?"

서둘러 보리차를 우리던 이모가 가볍게 웃었다.

"이모부가 요즘 종활終活에 빠지셨거든. 생의 마지막을 준비하는 활동이라나? 비우는 삶을 살겠다면서 각오가 대단해. 미니멀리스트가 되겠대."

"정말?"

"죄다 갖다 버리려고 해서 골치가 아프다니까. 아, 그래도 네 방은 건드리지 않았어."

이모부는 한번 꽂히면 집요하게 파고드는 성격이다. 내가 중학생일 때는 DIY에 빠져서 주말마다 책장이나 나무 평상을 만들곤 했다.

"당분간 있을 거지? 시간 되면 다 같이 나들이라도 갈까? 하나마호 파루파루도 좋고 유람선 타러 가도 좋겠다."

들뜬 이모가 기운차게 내민 보리차가 컵 안에서 크게 일렁였다. 하나로 묶은 머리는 희끗희끗했고, 자세히 보니 눈가에도 예전에 없던 주름이 촘촘히 새겨져 있다. 어쩐지 보면 안 될 것 같은 기분에 서둘러 시선을 돌려 버렸다.

"고유미는?"

"좀 전에 들어왔어. 요즘은 방에 틀어박혀서 잘 안 나와."

이모가 이층에 있는 동생 방 쪽을 쳐다봤다.

"아까 만났는데 머리가 노랗던데? 옷도 너무 요란하고 화장도 했더라. 혹시 요즘 학교 안 나가?"

이모가 손을 들어 휘휘 저었다.

"아주 안 나가는 건 아니고 가끔 빠질 때도 있긴 해. 요즘 저 나이 때 애들이 다 그렇잖아. 억지로 보내기도 그래서 그냥 모른 척 하고 있어."

엄마는 툭하면 고함부터 질렀지만, 이모에게는 혼난 기억이 없다. 혼자 전에 살던 집에 찾아갔을 때도 따뜻하게 안아 주기만 했던 사람이다.

친엄마에 대한 기억이 없는 고유미는 자연스럽게 두 사람을 엄마, 아빠라고 부른다. 어릴 때부터 응석받이로 크더니 지금도 제멋대로인 모양이다.

그때 현관문이 열리고 이어서 바닥이 삐걱거리는 소리가 들려왔다.

"아키, 왔나."

이모부가 활짝 웃으며 거실로 들어오셨다.

이모보다 다섯 살 많은 이모부는 머리숱이 더 빈약해졌지만, 햇볕에 까무잡잡하게 그을린 피부 덕에 나이보다는 젊어 보인다.

"오랜만에 니 온다고 후딱 해치웠다. 피곤할 텐데 누워서 좀 쉬지 그라노."

고사이시 사람들은 엔슈 지방 사투리와 히가시미카와 지방 사투리를 섞어 쓴다. 다만 요즘 사람들은 거의 쓰지 않고, 이 집에서도 사투리를 쓰는 사람은 이모부뿐이다.

"아오가 병원까지 데려다줬다고?"

"응, 친구 병문안 가느라고."

미리 생각해 둔 핑계를 대는데 이모부가 언짢은 표정으로 양팔을 포갰다.

"거기에 병원을 짓는 게 말이 돼나! 내가 참말로 속이 꼬이삔다! 그래서 나는 고사이 제2 병원만 다닌다."

"꼬이삔다는 말 오랜만에 듣네. 답답하고 짜증이 난다는 뜻이었나?"

"꼬이삐는 게 그냥 꼬이삐는 거지 무슨 뜻이 있나."

어이없다는 듯 나를 보던 이모부가 껄껄 웃음을 터트렸다.

두 사람에게는 내가 돌아온 이유를 말하지 않았다. 우선은 그동안 못 쓴 휴가를 한꺼번에 쓰는 거라고 말했지만, 아무리 짧아도 한 달은 있어야 하니 조만간 털어놓아야 할 듯했다.

"그나저나, 니는 어째 점점 더 이뻐지노? 완전히 딴사람이 됐삔네. 혹시… 성형 수술이라도 했나."

"여보! 어서 손부터 씻고 와요."

이모가 못 말리겠다는 얼굴로 주의를 주자 이모부가 부랴부랴 욕실로 향했다.

"저렇게 눈치가 없다니까, 말이 너무 많아서 항상 손해를 보긴 해도 근본이 나쁜 사람은 아니야."

나도 알아. 그렇지 않으면 처조카들을 맡아 키울 리 없잖아.

말로는 할 수 없는 말을 속으로 삼키고 그저 웃었다.

이모는 가나가와에서 어떻게 지냈는지 꼬치꼬치 캐묻지 않았다. 오히려 쉬지 않고 이어지는 이모부의 질문 공세를 막아 주었다. 이모는 원래 그런 사람이다. 혼을 낼 때도 무언가를 물을 때도 언제나 적당한 선을 넘지 않았다.

삐걱거리는 계단을 올라 이층으로 올라가면 제일 앞에 동생 방이 있고 그다음이 내 방이다. 방 앞에 내 캐리어가 놓여 있었다.

"고유미."

방문을 두드려도 대답이 없다. 헤드폰을 끼고 컴퓨터 게임이라도 하는 모양이다.

―언니가 왜 여기 있어?

낮에 들었던 말이 떠오르자 마음이 다시 무거워졌다. 그렇다고 몰아붙이면 오히려 역효과가 날 수도 있다는 생각에 그대로 발을 돌렸다.

방은 내가 떠나기 전 그대로였다. 책상 위에 꽂아둔 책도, 벽에 걸린 시계도, 침대 시트만 빼고 모든 것이 그때와 똑같았다.

짐은 나중에 정리하기로 하고 일단 침대에 누웠다.

"정신 차려, 아키…."

새하얀 천장을 향해 혼잣말을 뱉었다.

이모와 이모부는 내가 가나가와에 있는 회사에 취업했다고 했을 때도 기꺼이 응원했고, 틈틈이 전화와 편지로 내 안부를 챙겼다.

차라리 내게 엄마에 대한 기억이 아예 없었다면 좋았을까? 그랬다면 친부모처럼 생각할 수 있었을 텐데….

지금껏 되도록 적당한 거리를 유지하려고 애를 썼다. 하루카 말대로 내가 조금 더 마음을 열었다면 훨씬 편했을지도 모르는데.

결국 나는 혼자 애쓰다 지쳐서 이 집에서 도망쳤다. 그런 주제에 다시 돌아오고 말았다.

나도 이런 내가 한심하고 변하고 싶지만, 그러면 그럴수록 수렁으로 더 깊이 빨려 들어가는 기분이다.

이 집에는 엄마 사진이 한 장도 없다. 우리 자매가 마음 아플까 봐 이모와 이모부가 정리한 것이 아니다. 버려졌다는 사실을 받아들인 날, 내가 전부 버렸다.

―그 전설이 진짜라면?

순간 하루카의 목소리가 귓가를 스쳤다.

주머니에서 핸드폰을 꺼내 인터넷으로 '종착역의 전설'을 검색했다. '종착역의 전설'이라는 키워드와 일치하는 내용은 없고, 화면엔 온통 소설이나 드라마 제목만 가득했다.

"역시 뜬소문인가?"

고등학교 때 엄마 소식을 알아본 적이 있었다. 하지만 아무리 수소문해 봐도 찾을 수가 없었다.

다시 한번 만나고 싶기는 하다. 만나서 내 마음속에서 썩어 가는 고름을 짜내 버리고 싶다. 그럴 수 있다면 우울한 내 마음도 파란 하늘처럼 다시 화창해지지 않을까?

"버릴 것들 쭉 한번 적어 봤다. 함 봐라."

저녁 식탁에서 이모부가 노트 한 권을 내밀었다. 안에는 이모부답게 꾹꾹 눌러 쓴 글자들이 빼곡히 채워져 있었다.

"여보!"

나무라듯 부르는 이모의 목소리를 무시한 채, 이모부는 투박한 손가락으로 노트 한쪽을 짚었다.

"먼저 복도에 걸어둔 그림. 그런 거 아무도 안 본다. 그라고 화장실에 놔둔 말린 꽃하고 하바…, 그 뭐라카노, 그거."

"하바리움 말하는 거야?"

"맞다, 그거. 선물한 나카다 씨 부인도 벌써 저세상 가고 안에 든 오일도 더러워졌다. 그라고 CD도 버릴 기다."

"어? 그건 아끼는 컬렉션이잖아."

이모부 방에는 큰 책장이 있고, 그 책장에는 다양한 장르의 CD가 꽂혀 있다. 어릴 때 나도 자주 빌려다 듣곤 했었다.

"CD플레이어가 고장나, 갖고 있어 봤자 듣지도 못한다 아이가."

"그래도 아깝지 않아?"

음반 가게를 차려도 될 만큼 방대한 양의 CD 중에는 여전히 고가에 팔리는 앨범도 있다고 들었다.

"내 말이."

이모가 고개를 끄덕였다.

"환갑 되기 전에 다 버린다면서 내 말은 들은 척도 안 한다니까. 네가 좀 말려 봐."

"요즘 옛날 음악이 다시 유행하고 있고 음원 서비스 앱에 없는 곡도 많으니까 그냥 두는 편이 좋지 않을까?"

말을 마치고 베어 문 닭고기 튀김에서 그리운 맛이 났다. 이모가 만든 소스에는 생강이 듬뿍 들어간다. 거기에 된장을 약간 넣는 것이 이모만의 비법이다.

조금씩 예전처럼 대화가 자연스럽게 이어졌다.

"내는 싹 다 버리기로 결심했다."

이모부가 완고하게 딱 잘라 말하고는 맥주잔을 비웠다. 예전부터 한번 정한 일은 반드시 하고야 마는 성미기는 하다.

"그럼, 파는 건 어때?"

"싫다."

나름 괜찮은 대안이라고 생각했는데 이모부가 단칼에 고개를 저었다.

"저 CD들은 내가 아티스트를 응원하는 마음으로 산 기다. 그걸 팔믄 헐값에 후려쳐가 장사꾼 좋은 일만 시킨다."

"어쩌면 새로운 팬이 생길지도 모르잖아."

"꿈 같은 소리 집어치라. 아티스트한테는 한 푼도 안 간다카이. 그거는 내 신념에 어긋나는 짓인기라."

이모부가 안 그러냐며 고유미에게 동의를 구했지만, 동생은 눈길조차 주지 않았다. 고개를 숙인 채 밥만 입속에 밀어 넣을 뿐이다.

다시 보니 그사이 정말 많이 컸다. 중학교 삼 학년이니 키가 큰 건 당연했지만 키와 비례하듯 성격까지 까칠해진 건 안타까운 일이다. 옷은 집에서 입는 티셔츠와 반바지로 갈아입었지만, 화장은 지우지 않았고, 식탁에 올려둔 핸드폰에서 한순간도 눈을 떼지 않았다.

이모부는 신경 쓰지 않고 두 번째 캔맥주를 땄다.

"우예됐든 쓸데없는 건 싹 다 버릴 기다. 한 치 앞을 모르는 기 사람 일인데 남은 사람 고생 안 하게 해 놔야지."

"그런 걸 '종활'이라고 한다며?"

"니네 물건은 손 안 댈 끼니 걱정 말고. 그보다 저 사람 물건이 워낙 많아가 큰일이라, 큰일."

"나는 버릴 생각 없다고 분명히 말했어요. 미니멀 라이프든 뭐든 혼자 하시구려."

"에헤이, 이런 건 부부가 같이 하는 기라니까."

두 사람이 티격태격하는 모습도 오랜만에 본다. 다툰다기보다는 장난치듯 재미있게 대화를 주고받는다.

"짜증 나."

순간 고유미의 목소리가 귀 옆에 대고 말한 것처럼 크게 울렸다.

"진짜 개 짜증!"

여전히 핸드폰에 시선을 고정한 채로 마치 퉤 뱉어내듯 그렇게 말했다.

"그렇지? 종활이라니, 밥 먹으면서 할 얘기는 아니지."

분위기를 무마해 보려는 이모의 노력이 허무하게도 고유미가 신경질적으로 젓가락을 탁, 내려놓았다.

"버릴 거면 현관에 있는 사진이나 좀 버려. 저런 거 필요도 없고 창피하다고."

"고유미."

내가 이름을 부르자 동생이 매서운 눈으로 나를 노려봤다. 그 눈빛 위로 엄마의 눈빛이 겹쳐 순간 심장이 덜컥 내려앉았다.

"짜증 나는 건 아빠가 아니라 언니야!"

"나?"

"멋대로 집을 나가 놓고 어떻게 아무렇지도 않은 얼굴로 돌아올 수 있어? 그것도 그렇게 삐쩍 말라서 다 죽어 가는 얼굴로! 무슨 병이라도 걸렸어?"

애써 만들었던 미소가 딱딱하게 굳어 버렸다. 아니라고 하면 되는데 목이 꽉 막힌 것처럼 아무 말도 나오지 않았다.

"야가 와이라노?"

이모부가 농담처럼 말을 이었다.

"모처럼 이래 다 모여가 식구끼리 밥 묵으니까 좋기만 한데."

"어떻게 아무렇지 않은 얼굴로 받아 줄 수 있어? 나는 언니가 우리 식구라고 생각하지 않아!"

버럭 소리친 고유미는 그대로 주방에서 나가 버렸다. 잔뜩 화가 담긴 발소리가 금세 멀어졌다.

"미안해, 아키, 한창 예민할 나이잖아."

"이모가 왜 미안해. 나라도 저렇게 말했을 거야. 이해해."

반은 진심, 나머지 반은 거짓이었다.

동생이 걱정되기도 했지만, 이곳에서 벗어나고 싶다는 일념으로 무리하게 결정했던 것도 사실이다. 가나가와에 있는 회사에 취직했다고 말했을 때부터 내 앞에서 입을 꾹 다물어 버리기는 했지만, 설마 이 정도로 미움받고 있을 줄은 몰랐다.

하지만 그때 내 결정은 틀리지 않았다. 지금도 잠시 돌아왔을 뿐이지 건강해지면 바로 돌아갈 생각이다.

속으로 그렇게 되뇌며 마음을 다잡아 봤지만, 동생의 말이 저주처럼 엉겨붙어 심장을 옥죄었다.

"사진은 하나도 안 버릴 기다. 늘리면 늘렸지, 절대 안 줄인다."

하하하, 이모부가 애써 웃었다.

내가 돌아온 탓에 집 분위기가 껄끄러워졌다. 나는 늘 누군가를 불편하게 만든다. 엄마도 그랬다. 내가 집에 돌아오면 한숨을 쉬며 맞아 줄 때가 많았다.

오랜 시간이 흘렀는데도 엄마는 여전히 내 머릿속 한구석에 붙어 있다. 악령처럼 끈질기게도 떨어지질 않는다.

"그럼, 성인식 때 찍은 사진도 올려둘까?"

나는 지금도 멀찍이 떨어져서 그렇게 말하는 또 하나의 나를 지켜본다.

나와 이모가 설거지하는 동안 이모부는 식탁에 엎드려 잠이 들었다. 태평하게 코를 고는 이모부 옆에는 고유미가 남긴 저녁밥이 랩으로 덮여 있었다.

"해가 갈수록 술이 약해진다니까. 오늘은 네가 와서 기분이 좋으셨나 봐. 평소보다 더 빨리 취하셨어."

"그래?"

짧게 대답하곤 접시를 그릇장에 넣었다.

"오늘 피곤했지?"

이모가 냉장고에서 페트병에 든 차를 꺼내 내게 건넸다.

"아니야. 아까 좀 자서 괜찮아."

순간 드르렁, 하고 크게 울린 코골이 소리에 이모와 눈을 맞췄다가 동시에 웃음이 터졌다.

"정원에서 얘기 좀 할까?"

"응."

거실 통창을 열고 나가면 정원에 이모부가 만든 평상이 있다. 이모가 모기향에 불을 붙이고 평상에 앉았다. 그 옆에 나란히 앉앉더니 정원 한쪽에서 개구리 합창 소리가 들려왔다.

후덥지근한 칠월의 바람이 이마를 스쳤다. 빠르게 흘러가는 구름 사이로 보름달에 가까워진 달이 한 번씩 얼굴을 내비쳤다.

어릴 때부터 나는 이 자리를 좋아했다. 집을 떠나기로 결심했던 날에도 이 평상에 앉아서 이모와 이야기를 나눴었다.

"갑자기 와서 미안해."

"무슨 소리야. 여기 네 집이야. 아무 때나 와도 돼."

그렇게 말한 이모가 잠시 머뭇거리다 어렵게 다시 입을 뗐다.

"저기…. 대답하기 싫으면 안 해도 괜찮은데, 너… 몸은 괜찮은 거니?"

"괜찮아…."

페트병에 담긴 차를 한 모금 마신 이모가 다시 정면을 바라봤다.

"사실은… 너한테 말 못 했는데 지난달에 네 직장 상사한테 연락이 왔었어."

"뭐?"

"질병 휴직 수당을 지급하기로 했으니까 집에서 잘 보살펴달라고 하더라. 그렇다고 내가 먼저 오라고 연락하면 부담스러울 것 같아서 네가 연락하길 기다렸어."

이모와 이모부가 이미 내 상태를 알고 있었다는 말이었다.

"별일 아니야. 조금 피로가 쌓여서 그래. 걱정할 정도는 아니야. 그래도… 말 안 해서 미안해."

"이모야말로 미안해. 이모부가 전화를 받았거든. 전화에 대고 버럭 화부터 내서 도중에 내가 대신 받았어."

분명 상사의 말투에 울컥 화가 났을 거다. 윗사람에게는 입속에 혀처럼 굴어도 부하직원에게는 거리낌 없이 신랄하게 막말을 쏟아내는 사람이니까. 내가 몸이 안 좋아서 쉬는 날이 많아졌을 때도 전화에 대고 한숨만 쉬던 사람이었다.

내가 입사한 뒤로도 많은 직원이 회사를 그만두고 나갔다. 그중에는 어느 날 갑자기 출근하지 않거나 퇴직 대행업체를 통해서 사표를 내는 직원도 있었고, 그때마다 상사는 전화를 붙들고 고래고래 소리를 지르곤 했다.

지금도 그 목소리를 떠올리면 가슴이 울렁거리고 불안해진다.

"이런 말, 해도 되는지 모르겠는데…."

잠시 망설이던 이모가 결심이 섰는지 고개를 돌려 나를 바라봤다.

"네 직장 상사라는 사람, 정말 못 쓰겠더라."

"어?"

예상치 못한 소리에 말문이 막혔다.

"부하직원을 챙기는 것도 상사 일 아니니? 그런데도 꼭 네가 체력 관리 못해서 그렇게 됐다는 식으로 말하더라니까. 어머니가 하루라도 빨리 복직하라고 말해 주세요, 라니 어떻게 그런 말을 해. 그때는 혹시라도 네가 집에 오지 않을까 봐 가만히 듣고만 있었는데 정말 못된 사람이야."

이모의 표정이 너무 진지해서 나도 모르게 웃음이 터졌다.

"저런, 미안해. 그래도 같은 회사 사람인데 나쁘게 말해서."

"내가 변변치 못해서 그런 거지 뭐. 그래서 더 열심히 하려고 노력하고 있어."

그대로 포기하고 주저앉고 싶을 때마다 매번 그렇게 생각하며 나 자신을 다독였다. 입사한 지 불과 몇 년 사이에 동기들은 전부 그만두고 주변에는 후배들만 남았다.

내가 잘해야 한다는 생각에 긴장하면 할수록 제자리에서 헛돌기만 하는 기분이었다.

―이게 네 운명이야. 그냥 받아들이고 살아. 결국 인간은 누구나 혼자거든.

순간 엄마의 목소리가 들린 듯했다. 벗어날 수 없는 속박처럼 그날 이후로 수만 번도 넘게 반복 재생됐다.

"어릴 때부터 너는 항상 자기 탓을 하면서 자책했어. 그러니까 이제 그만해도 되지 않을까?"

이모의 목소리는 일상 대화처럼 담백했다.

"그만해?"

"이 집으로 돌아오라는 말은 아니야. 네 인생의 주인은 너니까 네 마음대로 해. 다만 너 자신을 헤치면서까지 할 필요는 없어. 그런 길만은 가지 않았으면 좋겠어."

말을 마친 이모는 "아휴, 역시 난 안 돼."라며 웃었다.

"응원해 주고 싶은데 이런 말밖에 못 한다."

나는 무의식중에 힘주어 쥐고 있던 페트병을 평상 위에 내려놓고 분명하게 고개를 저었다.

"이모 말 무슨 뜻인지 알아. 하지만 지금 회사 말고는 날 받아 줄 곳이 없을 거야."

매일 같이 혼나고 질책당해도 나는 열심히 일할 수밖에 없다. 두 번 다시는 혼자 남겨지고 싶지 않으니까. 버려지고 싶지 않으니까.

"내가 못나서, 민폐만 끼치니까…. 나는 늘 다른 사람을 화나게 만들어. 나도 달라지고 싶은데 방법을 모르겠어."

엄마는 우리 자매를 버리고 한 번이라도 생각한 적이 있을까? 내가 조금 더 착한 아이였다면 떠나지 않았을까?

대답이 필요했다. 냉정한 대답이 돌아와도 상관없다. 나는 그보다 더 잔인한 말로 엄마에게 고통을 줄 거니까.

하지만… 지금 이런 꼴로 내가 무슨 말을 할 수 있을까? 엄마 말이 맞다. 내가 내 운명을 받아들이지 않았기에 어른이 된 지금도 제대로 살지 못하는지 모른다.

그 순간 손에 무게가 실렸다. 시선을 내려 보니 이모의 두 손이 내 손을 감싸고 있었다.

"절대 그렇지 않아. 달라질 필요 없어."

"하지만 변하지 않으면 살아갈 수 없어. 그렇지 않으면 나는 또 버려질-."

아차 싶어 황급히 입을 다물었지만 이미 늦어 버렸다. 이런 말을 할 생각은 아니었는데….

"미안하구나."

떨리는 목소리에 고개를 들었더니 이모의 눈에 눈물이 가득 고여 있었다.

"네가 그런 생각을 하는 건 아유미 때문이기도 하고 나 때문이기도 해."

이모는 우리 자매를 맡아 키우기로 한 뒤로 한 번도 엄마 이름을 입에 담은 적이 없었다. 나도 다시는 전에 살던 집에 가지 않겠다고 결심한 뒤 엄마 얘기를 꺼내지 않았다.

"무슨 소리야?"

"아유미도 네 상사와 똑같았어. 자기 말고 다른 사람은 전부 나쁘다고 생각하는 사람이었지. 이혼도, 이사한 일도, 너희를 두고 떠난 일도 전부 당연한 일이었다고 우겼어."

생각해 보면 엄마가 웃는 모습을 거의 본 적이 없다. 불평불만을 늘어놓던 얼굴과 손에 잡히는 대로 집어던지며 고함을 지르던 모습만 떠오른다. 잊고 싶은 기억일수록 깊게 새겨져 지워지지 않는 법이다.

"엄마 탓은 맞아. 하지만 이모 때문은 아니야."

"아니야, 내 탓도 있어. 나랑 이모부가 너희 자매를 엄마에게서 떼어 놓은 거야."

이모가 시들어가는 꽃처럼 조용히 고개를 숙였다.

"그게 무슨 소리야?"

"그때 한동안 아유미를 찾았지만 찾지 못했어. 그래서 내가, 아니, 우리가 너희 가족이 되어 주자고 결심했지. 너희 둘이 마음 놓고 지낼 수 있는 집을 만들어 주자고. 하지만 그때 더 찾았더라면 아유미를 찾았을지도 몰라. 그게 늘 마음에 걸렸어."

"무슨 소리야. 이모랑 이모부가 맡지 않았다면 우리는 보육원에 갔을 거야."

내 위로의 말에도 이모는 괴롭다는 듯 눈을 질끈 감아 버렸다.

"진짜 엄마가 될 수 있을 줄 알았어. 하지만 엄마가 돼 본 적이 없어서 그런지 잘 안되더라."

이모의 뺨을 타고 눈물이 흘러내렸다. 평소 같으면 적당한 말을 건네며 위로했을 텐데 지금은 입이 떨어지지 않았다. 이모의 진심이 느껴졌기 때문이다. 그러니 나도 진심으로 답해야 했다.

"이모, 나는 사실…."

내 마음 깊숙한 곳을 들여다보면 언제나 하나의 답만이 존재했다.

"엄마를 만나고 싶어."

시꺼먼 진흙 속에 숨겨두었던 진심을 달빛 아래 꺼내 놓았다.

"엄마를 사랑해서가 아니야. 만나서 물어보고 싶어. 왜 우리를 버렸는지. 왜 데려가지 않았는지."

"그래, 그랬구나."

이모가 손수건으로 눈가를 누르며 연신 고개를 주억였다.

"이모랑 이모부한테 고마운 마음은 말로 다할 수 없어. 하지만 난 사랑받을 자신이 없었어. 언젠가 또 버려질지도 모른다는 생각을 지울 수가 없었어."

댐이 무너진 것처럼 마음속 감정들이 말이 되어 쏟아져 나왔다.

"나는 사람들과 얘기할 때 항상 가면을 써. 이모부랑 이모에게도 마찬가지야. 친구들이나 선생님, 이웃들 앞에서도 그랬어. 나 같은 건 아무도 좋아하지 않는다고 늘 그렇게 생각하면서 살았어."

"아키."

"어디에 있든, 무엇을 하든 불안했어. 버려지기 전에 내가 먼저 도망쳐야 한다고 생각했어. 그런데 다른 곳에 가도 결국 불안하기는 마찬가지더라."

"아키, 내 말 좀 들어 봐."

"병들고 나서야 깨달았어. 사랑받지 못하는 건 내 탓이라는 걸. 내가 부족한 사람이라서, 그래서 아무도-."

"아키!"

내 말을 끊은 이모가 믿기 힘들 만큼 강한 힘으로 내 두 어깨를 붙잡았다. 한 번도 큰 소리를 낸 적 없던 이모였기에 놀란 나머지 숨을 들이켠 채 굳어 버렸다.

"누구도 널 버리지 않아! 여기 있는 사람들이 다 너를 얼마나 사랑하는데!"

달빛을 받은 이모의 얼굴은 눈물로 젖어 있었다.

"적어도 나랑 이모부는 너를 소중한 가족이라고 생각해. 진짜 엄마는 돼 주지 못했어도 친엄마 이상으로 항상 너를 걱정했고 앞으로도 그럴 거야."

다음 말을 이으려고 입을 열었던 이모가 무언가에 진 사람처럼 울음을 터트리며 고개를 떨어뜨렸다.

내가 이모를 울렸다. 벼락이라도 맞은 것처럼 이모의 마음이 내 가슴에 내리꽂혔다.

"나도 진짜 딸이 되고 싶었어. 이모랑 이모부가 날 얼마나 사랑하는지 나도 알아. 그런데도, 그런데도 엄마를 만나서 묻고 싶은 마음이 사라지질 않아. 아니, 아니야. 사실은 만나서 원망을 퍼부어 주고 싶어. 왜 날 버렸냐고 따지고 싶어."

"그랬구나."

이모가 주먹을 가슴 앞으로 들어 올렸다.

"나도 그래. 아유미를 만나면 한 방 날려 주고 싶어."

뜻밖의 말에 놀라 또 얼음이 됐다.

"이모가 그런 말도 할 줄 알아?"

"왜 못해. 너랑 고유미에게 상처를 줬는데."

어째서일까? 조금 전까지 꽉 막혀서 답답했던 가슴이 탁 트인 듯하다.

"그래, 우리 둘이 같이 분 풀릴 때까지 때려 주자."

서로를 마주 본 우리는 조용히 웃었다.

아까보다 한층 부드러워진 개구리 소리가 정겨운 합창처럼 들렸다.

"아, 내일부터 뭐하지? 엄마는 만날 수 없고 당분간 출근도 안 하는데."

당분간이라고 했지만 그 회사로는 돌아갈 일은 없을 듯하다. 가나가와에서 다른 일을 찾아보든지, 아니면 이곳으로 돌아오든지….

"너 좋을 대로 해. 우리는 네가 어떤 선택을 하든 무조건 응원할 테니까."

가슴에 따뜻한 온기가 차올랐다. 두 사람은 지금까지도 헤아릴 수 없이 큰 사랑을 내게 주었다. 그런데도 나는 늘 모른 척 외면하기만 했다.

상처받기 두려워 숨는 짓은 그만두자. 갑자기 달라질 수야 없겠지만 가족이 옆에 있으면 견딜 수 있을 테니까.

구름이 걷히고 달이 다시 얼굴을 드러냈다. 구름 사이로 반짝이는 별들이 하늘을 가득 메웠고, 바람에 스치는 나뭇잎 소리에 맞춰 노래하는 개구리울음이 정겹다.

마음을 가린 막을 걷어내고 바라본 세상은 너무나 아름다웠다.

내 말이 끝나기 무섭게 하루카는 고개를 기울이며 "그래서?"라고 되물었다.

"여기로 돌아온다는 거야, 안 온다는 거야? 일단 그거부터 확실히 하자."

오늘은 이모부 병원 검진에 동행했다. 의사는 증상은 좋아졌지만 만일을 생각해서 약은 계속 먹는 것이 좋겠다고 했다. 다음 예약을 구월로 잡고 돌아오는 길에 이모부가 오모리 공원에 내려 주었다.

찜통더위라 벤치에 앉아만 있어도 이마에 땀이 맺혔다.

"그게 중요해? 나, 여기 온 지 아직 한 달밖에 안 지났거든?"

"한 달이나 지난 거겠지. 빨리 결정해."

지난달에 하루카에게 현재 상황을 전했을 때도 지금과 같은 질문을 했었다. 참을성 없는 성격은 여전하다.

"좋아, 그럼 내가 정답을 알려 줄게."

손가락을 세운 하루카가 빙긋 웃었다. 오늘도 맨얼굴에 까무잡잡하게 그을린 피부는 변함없지만, 어쩐지 전보다 훨씬 예뻐 보인다.

"휴직 수당을 끝까지 받으면서 그사이에 여기서 이직 준비를 하는 거야. 알았지?"

"뭐? 그건 좀…. 질병 휴직이니까 완치되면 휴직 수당은 받을 수 없어."

"그런 건 적당히 둘러대면 되잖아. 하여간 넌 너무 착해서 탈이야. 뭐, 그게 네 장점이긴 하지만."

그러고는 입술을 삐죽 내민다. 그리고 다시 "그런데"라고 운을 뗀 하루카가 한동안 "아… 그게" "그러니까" 하며 뜸을 들이다가 갑자기 어깨를 툭 떨어뜨렸다.

"솔직히 말하면, 네가 다시 돌아왔으면 좋겠어. 결혼한 뒤로는 고등학교 친구들도 자주 못 만나고 주변에는 전부 나보다 나이가 많은, 그래, 톡 까놓고 말해서 할머니, 할아버지뿐이라 너무 심심하단 말이야."

"알았어, 일단은 그쪽으로 생각해 볼게."

부족한 부분은 상사만이 아니라 내게도 많았다. 서로 채워 주는 관계가 되지 못했다는 사실이 가장 큰 문제였을 것이다.

사람은 기준에 맞춰 정확히 나눌 수 없다. 누군가에게는 좋은 사람이 누군가에게는 나쁜 사람이 되기도 한다. 생각해 보면 당연한 일인데 왜 지금껏 깨닫지 못하고 살았을까.

"그쪽이라면… 그러니까 돌아온다는 거지?"

"그래."

"정말이지! 그럼, 우리 농원에서 일할래? 월급도 나쁘지 않아."

흥분한 하루카가 바짝 다가앉기에 반사적으로 그만큼 물러나

앉았다.

"너랑 아오야를 상사로 모시라고? 그건 사양할게. 절대 싫어."

"아, 그런가?"

단번에 포기해 주니 다행이다.

그날 밤 이모에게 속마음을 털어놓은 뒤로 숨쉬기가 한결 편해졌다. 어제는 이모와 구인 정보지도 같이 뒤졌다.

"고유미는 좀 어때? 단단히 화가 났다며, 아직도 그래?"

"요즘은 그 정도는 아니야. 밥 먹을 때 가끔 얘기도 나누고 그래. 여전히 독설을 퍼붓기는 하지만."

재밌다는 듯 웃은 하루카가 벤치 등받이에 몸을 기댔다.

"그래, 고유미도 외로웠던 거야."

"하나밖에 없는 언니가 말도 없이 취직해서 집을 나간다고 하니 화가 날 만도 하지. 그렇게 가서는 단 한 번도 오지 않았잖아. 이유는 달라도 난 고유미한테 엄마랑 똑같은 상처를 준 거야."

그때는 집에서 벗어나야 한다는 것 말고는 다른 생각을 할 여유가 없었다. 그러다 보니 동생만이 아니라 가족 모두에게 섭섭한 기억을 남기고 말았다.

시간을 돌릴 수는 없더라도 지금부터 바로잡을 수는 있다.

"사과했잖아."

"응. 이제 와서? 짜증 나, 라는 말만 들었지만."

"하여간 솔직하지 못한 건 너랑 똑 닮았다니까. 아마 마음은 진작에 풀렸을걸?"

역시 하루카는 대단하다. 친자매처럼 언제나 우리 자매의 마음을 이해한다.

"오늘은 고유미랑 데이트하려고. 나와 줄지는 모르겠지만."

엊그제 밖에서 만나자고 했을 때는 들은 척도 안 하더니 어젯밤에는 영 싫지만도 않은 듯했다. 동생과 단둘이 외출이라니, 얼마 만인지 모르겠다.

"어디 갈 건데?"

"상행선 종착역, 가케가와역에 가 보려고."

순간 보는 사람이 더 놀랄 만큼 하루카의 눈이 휘둥그레졌다.

"그 말은….'

"종착역의 전설에 도전해 볼 거야. 고유미랑 같이. 엄마를 만나려면 그 방법밖에 없으니까."

하루카는 벤치에서 일어서는 나를 똑바로 보지 못했다. 난처해지면 상대와 눈을 마주치지 못하는 버릇도 여전하다.

"지난번에 네가 그랬잖아. 종착역의 전설은 진짜라고. 그 얘기 좀 자세히 해 봐."

"아… 응."

대답하고도 한동안 고개를 들지 못하던 하루카가 조심조심 입을 열었다.

"그런데 엄마를 만나면 정말 때릴 생각이야?"

종착역의 전설

웃음이 터져 버렸다.

"안 때려. 이모를 데려가면 정말 그런 사태가 벌어질지도 모르지만."

"그럼, 다행이고."

훌쩍 일어선 하루카가 내 옆에 나란히 섰다.

"이종사촌이 얼마 전에 결혼했거든. 모리마치에 살아서 종종 만나는데 반년 전쯤 결혼한다고 인사하러 왔었어."

"응."

얼마 전 병원에서 본 커플이 생각났다. 설마 그 두 사람은 아니겠지?

"돌아가기 전에 조용히 가르쳐 주더라고. 그 전설이 진짜였다고. 자기가 추억 열차를 탔었고 보고 싶어 하던 사람도 만났다는 거야. 자세한 얘기는 해 주지 않았지만 거짓말할 사람은 아니거든."

말을 마친 하루카가 작게 소리 내어 웃었다.

"왠지 기분 좋은데?"

"뭐가?"

"원래 너 다른 사람 앞에서는 좀 가식적인 면이 있었잖아. 그런데 이번에 돌아와서는 전보다 솔직해졌달까? 아, 나쁜 뜻은 아니니까 오해하지 마. 이제야 진짜 너를 만난 것 같아."

그 말에는 나도 동감했다. 오랫동안 걸려 있던 저주가 풀린 것처럼 내 눈으로 보고, 내 귀로 듣고, 내 입으로 마음을 말할 수 있게 됐다.

"다 네 덕분이야. 하루, 고맙고 사랑해! 아, 이상한 뜻은 아니니까 너도 오해하지 말고."

우리는 서로를 마주 보고 함께 웃었다.

한여름의 햇살이 기분 좋게 쏟아졌다. 오모리역 쪽으로 가니 역사 벤치에 고유미가 오도카니 앉아 있었다.

"고유미!"

하루카가 반갑게 손을 흔들었지만, 고유미는 쌀쌀맞게 고개만 까딱할 뿐이다.

"그럼, 잘 다녀와."

하루카가 내 등을 밀었다.

"응, 또 보자. 아오야한테도 안부 전해 줘."

"모레 보자. 기다릴게."

모레는 하루카 집에 아기를 보러 가기로 했다.

하루카를 보내고 승강장으로 가서 고유미 옆에 앉았다.

"어디 가는데?"

늘 그렇듯 표정과 목소리에서 짜증이 묻어났지만, 여름을 닮은 노란 해바라기색 원피스가 예쁘게 어울렸다.

"전에 본 올 블랙도 괜찮았지만 이런 스타일도 잘 어울리네."

"아, 짜증 나! 어디 가냐고 물었잖아!"

말에는 잔뜩 날이 서 있지만 그렇다고 가기 싫은 것도 아닌 모양이다.

    정말로 엄마를 만날 수 있을 거라는 기대는 하지 않는다. 하루카의 이종사촌이 한 말도 분명 장난이었을 거다. 그래도 한 번은 시도해 보고 싶었다. 아마 고유미도 내 마음과 같지 않을까?

"가케가와역까지 가 볼까 해서. 거기서 점심 먹자."

"점심… 나야 상관없는데, 그럴 시간이 있어? 여름휴가치고는 너무 길지 않아?"

    건널목을 차단하는 소리가 울리고 멀리서 들어오는 열차가 보이기 시작했다. 저 열차가 '추억 열차'인 걸까?

"네 추측이 맞아. 나 아파서 휴직 중이야."

"뭐…?"

    열차가 서서히 멈추고 문이 열렸다. 내가 먼저 타서 창가 자리에 앉자 뒤따라 앉은 고유미가 초조한 얼굴로 내 팔을 붙잡았다.

"그게 무슨 말이야? 어디가 아픈데?"

"마음의 병이야. 그런데 괜찮아. 이제 다 나았거든."

"괜찮기는 뭐가 괜찮아! 왜 맨날 뜬금없는 말로 사람을 놀라게 하는 건데?"

    언성이 높아지자 주변 승객들이 무슨 일인가 하고 흘끔흘끔 돌아봤다.

"내 걱정해 주는 거야?"

    화들짝 놀란 동생이 팔을 놓고 고개를 홱 돌려 버렸다.

"말 돌리지 마."

나는 속마음을 말하지 못해서 문제인데 동생은 무슨 말이든 거침없이 쏟아낸다. 얼핏 닮은 구석이라고는 전혀 없어 보이지만 사실 우리는 많이 닮았다. 그러니 동생을 두고 도망쳐서는 안 됐다.

"엄마가 떠나고부터 또 누군가에게 미움받으면 어쩌지, 머릿속에 그 생각만 가득했어. 이모랑 이모부에게조차 버려지면 어쩌나 하는 그런 생각."

"친엄마가 어떤 사람인지는 모르지만 지금 엄마, 아빠는 절대 그럴 사람이 아니야."

동생은 내 생각보다 훨씬 강하다. 나는 불과 얼마 전까지만 해도 아무도 믿지 못했는데…. 엄마에 대한 기억이 내 세상을 온통 새까맣게 물들였다.

"맞아, 이제 나도 알아."

동생 쪽으로 몸을 틀자 통로 너머 반대쪽 창문 밖으로 넓게 펼쳐진 파란 하늘이 보였다.

"이제야 눈을 뜬 기분이야. 그래서 너랑 대화를 좀 해 볼까 해서."

조용히 다리만 앞뒤로 흔들던 고유미가 불쑥 말을 꺼냈다.

"혹시 학교 가라는 말이면 그만둬. 어차피 적응도 못 하겠고, 다음 학기에도 안 나갈 생각이니까."

"그렇게 하고 싶으면 그렇게 해."

"뭐?"

동생이 눈을 동그랗게 뜨고 얼굴을 바싹 들이밀었다.

"뭐야? 왜 그래? 분명 잔소리나 늘어놓을 줄 알았는데."

"나도 회사 안 나가고 있는데 무슨 자격으로."

"아, 그런가?"

듣고 보니 그렇다고 인정하던 고유미가 문득 고개를 갸웃했다.

"그래도 갑자기 점심을 먹자고 하는 건 아무래도 수상해. 도대체 무슨 꿍꿍이야?"

내 주변 사람들은 다들 예리하다. 덕분에 내가 편하다.

투명한 여름 하늘이 내게 말했다. 조금 더 솔직하게 마음을 내보여도 괜찮다고.

"너, 종착역의 전설이라고 알아?"

듣자마자 동생이 눈썹 사이를 좁혔다.

"당연하지. 옛날에 언니가 해 준 얘기잖아. 미쓰키 만나러 갔다가 못 만나고 왔다며."

"기억하는구나?"

"그렇게 열심히 얘기했는데 그걸 어떻게 잊어. 보고 싶은 사람을 생각하는 거랬나?"

허공을 보며 기억을 더듬는 동생을 향해 나는 단호하게 말했다.

"엄마를 만나고 싶어."

하지만 어렵게 한 결심이 무안해질 만큼 돌아온 반응은 시큰둥했다.

"아, 그래? 하여간 바보 같기는, 그냥 전설일 뿐이잖아. 그리고 설령 만난다고 해도 이제 와서 뭘 어쩔 건데?"

"따질 거야. 왜 우리를 버렸는지 이유를 들어야겠어."

"나쁘지 않네. 그래, 마음대로 해. 어차피 전설인데 뭐."

고유미는 콧노래라도 흥얼거릴 기세로 재밌다는 듯 웃었다. 그러다 다시 고개를 갸웃했다.

"그런데 그 전설이라면, 친엄마는 조건이 안 맞지 않아?"

"조건?"

"만나고 싶은 사람이 죽음을 앞두고 있을 때만 만날 수 있다고 했잖아."

"뭐…? 그게 정말이야?"

그런 조건이 있는 줄은 몰랐다. 순식간에 맥이 빠져 쓰러지듯 등받이에 몸을 기댔다.

"뭐 어때. 정말이든 아니든, 어차피 전설이잖아. 나름대로 최선을 다하면 되는 거지."

동생 말도 일리가 있다. 이왕 열차를 탔으니 해 보는 수밖에.

"좋아, 그럼 엄마 생각을-."

"난 됐어."

내 말을 끊은 고유미가 편안한 표정으로 부드럽게 웃었다.

"가케가와역까지는 같이 가 줄 테니까 가서 만나고 와."

"너는…?"

"맨날 속만 썩이지만 나는 지금 엄마, 아빠를 친부모님이라고 생각해. 언니도 이번 기회에 그 사람한테서 좀 벗어나."

킥킥대며 개구쟁이처럼 웃는 동생의 반응에 가슴이 몽글해졌다. 어릴 때 자주 보던 동생의 미소에 단단히 얼어 있던 내 집착이 녹아내렸다.

"뭐해. 빨리 그 사람 생각해야지. 나는 게임이나 하면서 느긋하게 기다릴 테니까 신경 쓰지 마."

핸드폰을 꺼낸 고유미는 바로 게임 세상으로 들어가 버렸다.

창밖에는 푸른 하늘과 닮은 하마나호가 파랗게 빛나고 있었다.

나는 눈을 감았다. 이제 진짜 나와 마주할 시간이다.

가케가와역에 도착한 우리는 기관사에게 요금을 내고 열차에서 내렸다.

뭔가 이상했다. 가케가와역에는 전에도 와 본 적이 있는데 분위기가 전혀 달랐다. 마치 개표구 너머가 다른 차원으로 이어져 있는 듯한 느낌이랄까?

"이제 뭘 어떻게 하면 되는 건데?"

핸드폰만 들여다 보던 고유미가 고개를 들어 물었지만, 모르기는 나도 마찬가지였다.

"미안, 나도 잘 모르겠어."

"뭐야, 한심하기는."

차가운 말과 달리 피식피식 잘도 웃는다.

멀리서 매미 울음소리가 들렸다. 전에 살던 집 앞에서 엄마를 기다렸던 여름이 떠올랐다. 매미도 울고 나도 울고, 함께 울었던 그 여름은 이제 먼 과거가 됐다.

"역시 전설일 뿐이었나 봐. 그냥 점심이나 먹으러 가자."

"언니, 잠깐만!"

발걸음을 돌리려는데 고유미가 팔을 붙잡았다.

동생의 시선을 따라 고개를 돌렸더니 어느새 왔는지 역무원이 기척도 없이 옆에 서 있었다.

나이가 나보다 약간 위로 보이는 남자가 웃고 있었다.

"이와노 아키 님과 이와노 고유미 님이시죠? 저는 니토라고 합니다. 한자로는 두 개^{二}의 탑^{塔}이라고 쓰죠. 저희 추억 열차를 이용해 주셔서 감사합니다."

정중히 고개를 숙이는 남자를 향해 고유미가 소리치듯 물었다.

"우와, 말도 안 돼! 제 이름을 어떻게 아세요?"

나도 똑같은 생각을 하던 참이었다.

"제가 맡은 일이기 때문이죠. 열차에 탑승한 승객에 관해서는 전부 알고 있답니다."

부드러운 공기가 남자의 주변을 자연스레 감쌌다. 이상하게도 그가 하는 말이 모두 사실로 느껴졌다.

"그럼, 그 전설이 진짜라는 말이에요?"

그가 흥분하는 고유미를 바라보며 다정하게 웃었다.

"믿는 사람에게만 찾아오는 기적이죠."

"기적…."

나는 그 말을 싫어했다. 기적 같은 건 믿어 봤자 일어나지 않고, 믿는 만큼 실망도 클 뿐이라고 생각했다.

그때 니토라는 남자가 나와 눈을 맞춰 왔다.

"제가 잠시 오지랖을 부려도 될까요?"

"네?"

"운명이라고 다 받아들일 필요는 없습니다. 그리고 모든 사람은 혼자가 아니랍니다."

한순간에 시야가 일그러졌다. 그리고 깨달았다. 나는… 기다리고 있었다. 누군가가 그렇게 말해 주기를, 엄마의 말이 틀렸다고 말해 주기를.

"그게 무슨 소리예요?"

어리둥절한 채 눈만 끔뻑이는 고유미를 돌아본 남자가 눈꼬리를 살짝 내리며 난처하다는 듯 말했다.

"안타깝지만 고유미 님은 만나실 수 없을 것 같네요."

"만나요…?"

떨어지지 않는 입을 간신히 열었다. 설마, 설마…. 온몸의 털이 쭈뼛 솟았다. 그가 손을 들어 개표구를 가리켰다.

"두 분의 어머니 말입니다. 저쪽에서 기다리고 계세요."

정말로 엄마를 만날 수 있다고?

"그 말씀은 그 사람이 곧 죽는다는 뜻인가요?"

"전설대로라면 그런 거지?"

고유미가 내 등 뒤로 숨으며 확인하듯 덧붙였다.

"그건 어머니께 직접 물어보세요. 준비되셨으면 어머니를 생각하면서 개표구를 나가시면 됩니다. 음, 고유미 님도 이왕 오셨으니 지금이라도 어머니를 만나고 싶다고 간절히 바라면 이번에는 특별히-."

"아, 됐어요. 저는 만나지 않을 생각이라."

고유미가 친구에게 말하듯 단칼에 거절했다.

"다음에 혼자서 만날 생각인가요?"

"아니요, 평생 보지 않을 거예요."

"그런 선택을 할 수도 있지요. 그럼, 고유미 님은 이쪽에서 기다려 주세요."

니토 씨가 벤치를 가리키자 고유미가 불만스럽게 투덜거렸다.

"이런 데서 기다리다가는 일사병에 걸리겠어요. 카페 같은 데로 가면 안 돼요?"

"저쪽 시간은 눈 깜짝할 사이에 지나간답니다. 아마 오 분 정도만 기다리면 될 거예요."

그사이 내 머릿속에는 어린 시절의 기억들이 주마등처럼 스쳐 갔고, 두 사람이 나누는 대화는 연기처럼 흩어졌다.

지겹도록 떠올리며 괴로워했던 기억은 오늘로써 모두 끝이다.

고통과 슬픔, 갈 곳 잃은 분노, 모두 과거의 일로 묻어 버릴 것이다.

"분명…."

무의식중에 튀어나온 내 말에 니토 씨와 고유미가 말을 멈췄다. 지척에서 매미 소리가 울렸지만, 그날에 비하면 비교할 수 없을 만큼 부드럽다.

"분명, 저를 낳았을 때는 사랑했을 거예요. 이혼하고 생활이 힘들어지면서 여유가 없어졌겠죠."

마음이 제멋대로 말이 되어 흘러나왔다.

"부모는 당연히 아이를 사랑해야 한다고 생각했어요. 그래서 더 괴로웠는데 이제 알겠어요. 세상에는 다른 누군가를 사랑할 힘이 아예 없는 사람도 있다는걸."

"언니…."

고유미가 내 손을 꼭 잡았다.

"만나고 싶었어요. 하고 싶은 말이 너무 많았거든요. 엄마가 잘못했다고 빌면 지난 일을 용서할 수 있을지도 모른다고 생각했는데…."

흘러넘치는 눈물의 양만큼 마음에 담아둔 진심도 흘러내렸다.

"하지만 과거는 바꿀 수 없어요. 엄마는 저를 사랑하지 않았어요. 이제 그 사실을 인정하려고요."

고개를 들어 보니 니토 씨의 눈동자에도 물기가 어린 듯 보였다.

내 곁에는 다정하고 따뜻한 사람들이 있다. 그 사람들 덕분에 답을 찾을 수 있었다.

"앞으로는 내가 사랑하는 사람, 나를 사랑하는 사람들을 위해서 살 거예요. 모든 사람은 혼자가 아니라는 사실을 알았으니까요. 운명을 제 손으로 바꿔 갈 거예요."

울음이 터져 나왔다. 울먹이는 목소리로 더 크게 외쳤다.

"그러니까, 엄마는 만나지 않겠습니다."

외침과 동시에 눈물이 멎었다.

이제 울지 않는다. 다시는 돌아보지 않을 것이다.

과거에 어떤 일이 있었든 오늘부터 바꿔 가면 될 일이다.

"알겠습니다. 그럼, 이대로 하행선 열차에 탑승하시면 됩니다."

니토 씨는 다 이해한다는 듯 편안하게 미소 지었다.

"아… 점심을…."

고유미가 됐다며 내 팔을 잡아끌었다. 나는 애써 웃음을 지으며 말했다.

"점심은 아빠, 엄마하고 같이 먹자. 우리 집에 가서."

우리는 니토 씨에게 인사한 뒤 열차에 올랐다. 그런데 방금 내린 승객이 다시 타자, 기관사가 놀란 듯 눈을 크게 뜨고 우리를 바라보았다.

뒤를 돌아보니 승강장에 있던 니토 씨의 모습은 이미 사라지고 없었다.

    곧 열차가 출발했고, 가케가와역은 점점 멀어져 갔다.

    엄마는 아마도 긴 생이 끝나는 어느 날 다시 만날 수 있을지도 모른다.

    그때 나는 어떤 말을 건넬까. 모질게 쏘아붙일까, 와락 끌어안을까, 아니면 아무 말없이 외면해 버릴까.

    아직은 알 수 없다. 다만 그날의 나는, 그 모든 지난날 덕분에 지금의 행복을 느낄 수 있었다고 말할 수 있는 사람이 되어 있기를 바랄 뿐이다.

    열차는 아름다운 풍경을 가르며 힘차게 달렸다. 내가 사랑하는 사람들이 있는 곳으로.

네 번째 이야기

명탐정에게 보내는 도전장

후지사와 가즈미(사십구 세)

교차로에서 천천히 핸들을 돌려 우회전한 남편은 덴류하마나코 철도 덴류후타마타역 주차장으로 진입했다.

"어? 열차 타려고?"

"응."

운전석에 앉은 남편이 고개를 끄덕였다.

"오랜만에 휴가도 냈으니 기차 여행도 좋을 것 같아서."

도모키가 화요일에 바람 쐬러 가자는 말을 꺼낸 건 지난주였다. 작년에 딸이 결혼해 집을 떠난 뒤로 둘이 자주 여기저기 다니기는 했지만, 휴가까지 내고 나들이에 나선 건 오랜만이다.

"저번에 방송한 지방 열차 특집 보면서 당신이 그랬잖아. 오랜만에 덴하마선 타보고 싶다고."

"그랬지…."

당연히 차를 타고 좀 멀리 나가겠거니 생각했다. 뒷좌석에 있는 가방에 모자와 선크림, 마실 음료수, 돗자리까지 챙겨 온 이유도 그래서였다.

행동파인 남편은 원래 어디든 가고 싶은 곳이 생기면 주저 없이 나를 데리고 나서는 편이다. 멀게는 나가노현 고마가타케(일본 중앙 알프스)나 기후현 다카야마(전통 마을)까지 갔었고, 라라포트(후쿠오카에 있는 대형 쇼핑몰)나 가케가와역처럼 가까운 곳일 때도 있었다. 매번 혼자 계획을 세운 다음 무조건 나를 끌고 가는 식이다.

남편이 시동을 끄고 바로 차에서 내리는 바람에 나도 어쩔 수 없이 차 문을 열었다. 팔 월의 뜨거운 햇볕이 살갗을 따갑게 찔렀다.

"뭐 하러 가는데?"

목적에 맞춰서 가져갈 짐을 줄일 생각이었다.

"평소처럼 당신이 맞혀 봐."

싱긋 올라가는 입꼬리. 남편이 수수께끼를 낼 때마다 짓는 표정이다.

결혼하고 이십육 년이라는 세월이 흘러 어느덧 나는 마흔아홉, 남편은 쉰이 됐다. 시댁으로 들어와 산 지도 벌써 이십오 년이니, 나는 사반세기를 이곳 덴류구에서 살았다는 뜻이다.

결혼 전에는 원래 하마마쓰시 중심부에 살았었다. 같은 하마마쓰시라도 중심부와 덴류구는 전혀 다른 세상이다. 중심부에는 높은 빌딩과 상업 시설은 물론, 편의점도 많고 어디를 가나 슈퍼마켓이나 드러그스토어도 쉽게 찾을 수 있다.

반면 덴류구에 가장 많은 건 산이다. 북쪽에는 나가노현까지 이어진 산들이 있고 이맘때면 싱그러운 초록 잎사귀들로 무성하게 뒤덮여 있다. 남쪽으로는 덴류강이 외곽을 감싸고 흐른다. 좋게 말하면 풍요로운 자연에 둘러싸인 교외의 작은 마을이고, 냉정히 말하면 시골 촌구석이다.

나무로 지은 역사 안으로 들어서자 그나마 바깥보다는 시원했다. 남편이 이미 표도 사둔 모양이었는데, 어디까지 가는 표인지 보려고 했더니 재빨리 감춰 버렸다.

추리 게임을 할 때 남편은 힌트를 주지 않는다.

"금방 열차가 올 거야."

자연스레 내가 든 가방을 가져간 남편이 먼저 승강장으로 향했다.

"어느 역에서 내리는지도 안 가르쳐 줄 거야?"

"오늘은 맞추기 쉽지 않을걸?"

목적지는 매번 비밀이다. 이동하는 동안 차가 달리는 방향과 고속도로를 보고 추리해서 알아맞혀야 한다.

"도모키, 짐 준비할 때 미리 말해 줬으면 좋았잖아. 가서 필요한 물건이 없으면 당신도 곤란해할 거면서."

"힌트 없이 당신이 추리한 답을 듣는 게 좋거든. 오늘도 기대할게, 가즈미."

우리는 연애할 때부터 지금까지 서로 이름을 부른다. 딸 유리카가 태어난 후에도 계속 그래 왔다.

남편은 하행선 승강장 중간 부근까지 가서야 멈춰 섰다. 그나마 '우와야上屋'라고 부르는 널찍한 목조 지붕 덕분에 따가운 햇볕을 피할 수 있었다.

"새로 보수하기는 했지만, 이 승강장하고 우와야는 원래 이차 세계대전 전에 만들어졌어. 국가 유형문화재로 지정된 건축물이야."

벤치에 앉은 남편이 눈을 가늘게 뜨고 낡은 지붕을 바라봤다. 남편은 나보다 조금 더 키가 큰 표준 체형이다. 몸은 예나 지금이나 크게 달라지지 않았는데 요즘 들어 드문드문 흰머리가 보이고 눈가에 잡힌 주름도 늘었다. 물론 나 역시 마찬가지지만….

열차가 도착하자 카메라를 손에 든 이십 대 젊은이들이 우르르 내렸다. 덴류후타마타역은 애니메이션 배경지로도 유명해서 동네에서도 종종 길을 묻는 외지 사람들을 만나곤 한다. 애니메이션을 본 근처 주부들이 여기가 성지라는 둥, 주인공이 만나는 장면에 나왔다는 둥 신나게 얘기하는 소리를 들은 적이 있다.

에어컨이 켜진 열차 안은 상쾌했다. 남편이 좌석 옆에 서서 손으로 안쪽을 가리켰다. 전에도 열차를 타면 늘 창문 쪽 자리를 내게 양보했던 일이 떠올랐다.

"하행선 열차를 탔다는 건… 혹시 프루트파크에 가는 거야?"

그렇다면 돗자리를 챙겨야 했다.

"대충 아무 곳이나 찔러 보지 말고 제대로 추리해 봐."

남편은 추리소설에 등장하는 탐정 조수를 동경한다. 그중에서도 특히 좋아하는 캐릭터는 셜록 홈스의 조수인 왓슨. 이미 여러 번 읽었으면서도 읽을 때마다 왓슨의 활약에 감탄하곤 했다.

그래서 매번 명탐정 역할을 하는 사람은 나다. 어차피 내 추리는 대부분 빗나가지만 그래도 힌트 하나 없이 맞히라는 건 불공평하지 않나?

느긋하게 달리던 열차가 덴류강을 건넜다. 하늘에는 소나기구름 하나가 떠 있다. 자매처럼 보이는 젊은 여자 둘이 앞자리에 앉아 있었고 다른 승객은 보이지 않았다. 언니는 검은 머리에 단정한 차림이었지만, 동생은 금발에 노란 원피스를 입고 있다. 스타일은 정반대라도 사이는 좋은 모양인지 꼭 닮은 얼굴로 웃으면 이야기를 주고받는다. 그 모습을 보고 있자니 나까지 기분이 좋아졌다.

"유리카한테도 동생이 있었으면 좋았을 텐데."

"이 나이에 낳아서 언제 키우게."

냉방이 강한 편은 아니었는데 남편이 추운 사람처럼 양 무릎을 문질렀다.

"그런 뜻이 아니라… 하긴 셋이라 다행이었는지도 모르지."

유리카는 요즘도 자주 집에 와서 이것저것 꺼내 먹고는 치우지도 않고 가 버린다.

사위인 아키토와는 소꿉친구여서 어릴 때부터 집에 자주 놀러오던 사이였는데, 고등학생 때 유리카가 먼저 고백했다고 들었다.

결혼하고 시댁에 들어가 사는 덕분에 적당한 거리를 두고 왕래하고 있긴 하지만, 시부모 눈에는 혼자 자주 친정에 가는 모습이 좋게 보일 리 없다. 아무래도 다음에 오면 슬쩍 주의를 줘야겠다.

다시 창문 밖 풍경으로 눈을 돌렸다. 열차는 풀과 나무가 만든 자연 터널 속을 헤치며 달렸고, 중간중간 나뭇가지가 열차에 부딪히면서 마른 소리를 울렸다.

"덴하마선, 정말 오랜만에 탄다."

덴류구에서는 자동차가 필수품이다. 남편은 십 년 된 하이브리드 자동차를, 나는 최근 새로 바꾼 경차를 몰고 다닌다.

"열차가 흔들리는 진동이 기분 좋아. 옛날에 유리카가 맨 앞자리에 떡 버티고 서 있던 일 기억나?"

"걔가 성격이 좀 급하잖아."

그리운 옛날이야기가 이어지나 했더니 남편이 헛기침으로 흐름을 끊었다.

"자, 그보다 어서 맞혀 보라니까."

그 말은 이제 곧 내려야 한다는 뜻일까?

"적어도 어느 역에서 내리는지만이라도 알려 줘."

"오모리역이야."

밑져야 본전이라는 생각으로 물었는데 남편이 순순히 대답했다.

"웬일이야, 힌트를 다 주고."

"아무래도 이번에는 좀 어려운 것 같아서."

녹음이 만든 터널 사이로 반짝이는 햇빛이 쏟아졌다. 환상적인 풍경에 시선을 고정한 채 생각을 이어 갔다.

"오모리역이면 고사이시지? 고사이시에 가 본 적은 별로 없지만, 역에서 걸어갈 수 있는 거리에 유명한 곳이 없을 텐데…. 버스로 갈아탈 거야?"

"그건 말해 줄 수 없어. 다만 당일치기 여행은 아니야."

"숙박한다고?"

그럴 리가 없다. 숙박할 계획이었다면 미리 말해 줬을 테고 내일은 남편도 출근해야 하니까.

녹색 터널을 빠져나온 순간 남편의 얼굴 위로 환한 빛이 쏟아졌다. 딱딱하게 굳은 표정, 그러다 내 시선을 느꼈는지 슬쩍 입꼬리를 끌어올렸다.

"숙박하는 건 아니고 오늘은 볼 일이 있어서 가는 거야. 자, 이제 당신이 맞혀 봐."

그러고는 가방에서 가져온 추리소설을 꺼냈다. 지지난주에 산 어느 향토 작가의 신작이었는데 아직 초반부에 책갈피가 꽂혀 있었다. 출간될 날만 손꼽아 기다리더니 이상하게도 읽는 속도가 더디다.

아니나 다를까 이번에도 몇 장 넘기더니 도로 덮는다.

"밥은 오는 길에 슨자역에 내려서 먹자. 산마리노 어때?"

산마리노는 결혼 전에 데이트하면서 자주 갔던 카페다. 하마나호가 바로 보이는 감각적인 데이트 장소로 유명해서 젊은 커플들이 많이 찾는 곳이다. 젊은 시절 남편은 그곳에 갈 때마다 점보 푸딩을 주문했었다.

결혼하고는 자주 가지 못했는데…, 두 번 정도 갔었던가?

"산마리노에서 밥을 먹자는 건 오모리역에서 볼 일은 오전 중에 끝난다는 말이네."

"좋아, 계속해."

"둘이 같이 뭔가를 보러 가는 게 아니라 당신 볼 일에 나를 데려가는 거지? 일 때문에 어쩔 수 없이 만나야 하는 사람이 있고, 나를 끌고 가는 대신 미안하니까 산마리노에서 점심을 사려는 거 아니야? 내 추리가 맞아?"

"역시 명탐정이네. 거의 정답에 가까워."

활짝 웃는 남편의 얼굴을 보자 마음이 놓였다. 사실 아침부터 어딘지 긴장한 듯 보여서 마음이 쓰였었다. 구체적으로 딱 꼬집어 말할 수는 없지만 오랜 세월 함께했으니 자연스레 느껴지는 분위기라는 것이 있다.

그런데 나만의 착각이었을까? 아무튼 추리나 계속해야겠다.

고사이시라면 유적지인 '아라이 관문'이 유명하다. 그 외에 지역에서 운영하는 복합 휴양 시설도 있지만 차가 없으면 가기 어려우니 이번에는 아닐 테고, 그리고 또 뭐가 있었지?

"비즈니스로 만나는 사람이라면 선물을 준비했겠지?"

"누굴 만나는 건 맞는데 일 때문에 만나는 건 아니니까 선물은 필요 없어."

그러고 보니 업무와 관련된 사람이라면 휴가를 쓰면서까지 만날 리가 없다.

"그럼, 옛날 친구?"

"아니, 얼마 전부터 도움을 받는 분이야."

남편이 양손으로 무릎을 빙글빙글 문지르며 말했다.

역시 어딘지 평소와 좀 다르다. 표정은 밝지만, 목소리는 가라앉았다. 이십육 년이나 부부로 살았으니 사소한 변화도 금세 눈에 보인다.

어쩌면 지금 만나러 가는 사람과 껄끄러운 사이인지도 모르겠다. 그래서 나를 데리고 가는 걸지도.

창문 밖으로 푸른 하마나호가 보였다. 오랜만에 본 탓인지 압도적인 크기에 순간 바다라고 착각할 뻔했다. 유람선 한 대가 떠 있고 멀리 하마나호 파루파루 유원지에 있는 관람차도 보였다.

"역시 전설은 사실이었어."

불쑥 낯선 목소리가 귀에 꽂혔다. 앞자리에 앉은 자매 중 한 명이 한 말인 듯했는데, 남편도 들었는지 시선이 앞자리를 향해 있었다.

"그 역무원이 언니랑 내 이름을 알고 있었잖아."

"그러네."

"우리는 종착역의 전설을 실제로 경험한 거야. 정말 대박이지 않아?"

"목소리 좀 낮춰."

그 뒤로는 소곤소곤 대화를 나눠서 잘 들리지 않았다. 게임이나 뭐 그런 이야기인가?

그때 핸드폰이 울렸다. 화면을 보니 유리카였다. 한 량짜리 열차라 뒤쪽으로 가면서 전화를 받았다.

"어디야?"

받자마자 불만스러운 목소리가 튀어나왔다.

"도모키랑, 아니 아빠랑 밖에 나왔어."

딸이 결혼하기 전에는 남편과 있을 때는 도모키, 유리카가 있으면 아빠라고 구분해서 불렀는데 역시나 사람은 적응의 동물이다. 유리카가 결혼해서 나간 후로 딸 앞에서도 종종 이름이 튀어나온다.

"나갈 거면 미리 말해 줘야지. 무슨 일인지 걱정하잖아. 그런데 왜 이렇게 시끄러워?"

"아, 덴하마선 열차 안이야. 그래서 지금 통화 길게 못 해."

"어디 가?"

"나도 아직 몰라."

"아빠, 또 추리 게임 중이구나? 아직도 그런 걸 해?"

텔레비전 소리가 들렸다. 여분의 열쇠를 가지고 있으니 집에 들어왔을 테고 온 김에 느긋하게 쉬고 갈 모양이다.

시부모님에게는 뭐라고 하고 나왔으려나…. 집에 너무 자주 오지 말라고 한마디 하고 싶었지만 아무리 승객이 적다 해도 통화를 길게 할 수는 없다. 다음에 집에 왔을 때 진지하게 얘기하는 편이 나을 듯했다.

어쨌든 지금은 전화를 끊어야 한다.

"어?"

끊는다고 말하려다가 나도 모르게 목소리를 높였다. 남편이 자리에서 일어나 앞자리에 있던 자매에게 말을 걸고 있었다.

"깜짝이야. 왜? 무슨 일인데?"

놀라서 묻는 딸 목소리에 퍼뜩 정신이 들었다.

"아, 아무것도 아니야. 아빠가 다른 승객이랑 얘기하고 있어서."

자매도 상냥하게 웃으며 대꾸하고 있었다. 오히려 자매가 남편을 붙잡고 이야기하는 것처럼 보이기도 했다.

"아빠, 옛날부터 그랬잖아."

"그렇기는 한데 다른 자리까지 가서 말을 걸어서 놀랐어."

"아빠가 그렇게 아무한테나 말을 걸어서 같이 다니기 창피했다니까. 하여간 누가 서비스직 아니랄까 봐."

남편은 생명보험 회사에 다닌다. 몇 년 전에 영업팀에서 기획팀으로 자리를 옮겼지만 아직도 찾는 고객들이 많아서 지금도 몇몇 계약을 담당하고 있다. 이웃들에게도 먼저 다가가 말을 건네는 사람이라 동네일은 나보다 더 빠삭하다.

"그렇게 말하면 못 써. 아빠 덕분에 우리가 이만큼 먹고산 거야."

"역시 쇼와 사람*."

"뭐라고?"

"생각이 구식이라고. 시어머니도 종종 그런 말을 하시는데 그 생각은 틀렸어. 여자도 살림해야지, 애도 봐야지, 고생고생하며 가족을 지켜 내긴 마찬가지야."

통화하는 사이에 하마나호 끝에 있는 지바타역에 도착했다. 다음이 오모리역이다.

급히 전화를 끊고 자리로 돌아왔더니 남편도 자리로 돌아왔다.

"둘이 자매래. 저 애들도 오모리역에서 내린다네."

"그래."

"보험 들라고 권한 거 아니니까 걱정하지 마. 물어보고 싶은 게 있었어. 애들이 착하네. 자세히 가르쳐 주더라고."

남편은 원래 묻지 않아도 이런저런 얘기를 잘한다. 덕분에 나도

---

* 일본의 젊은 세대들이 흔히 하는 말로, '옛날 사람 같다'는 뜻이다.

남편과 같은 팀 직원들 사정을 웬만큼은 파악하고 있다. 실제로 본 적은 한 번도 없지만….

오모리역에서 내리자마자 승강장을 달군 열기가 확 끼쳤다. 역사 외에는 아무것도 없는 간이역 주변으로 우리가 사는 덴류후타마타보다 한층 더 시골스러운 풍경이 펼쳐져 있었다.

나는 이런 곳이 좋다. 건물이 없는 만큼 하늘이 넓게 보여서다.

조금 전 이야기를 나눴던 자매가 남편에게 인사하고 옆에 있던 내게도 고개를 숙였다. 스타일은 전혀 달랐지만 웃는 얼굴은 쌍둥이처럼 꼭 빼닮았다.

"이제 저 버스를 탈 거야."

"저게 버스라고?"

차도에 서 있는 건 아무리 봐도 버스가 아니라 승합차였고, 차 옆에 '고사이 제2병원'이라는 로고가 붙어 있다.

그러고 보니 얼마 전 대형 종합병원이 생겼다는 뉴스를 본 적이 있다.

"병원에 간다는 거야?"

"맞아."

승합차에는 먼저 탄 승객들이 있어서 나와 남편은 앞뒤로 떨어져 앉을 수밖에 없었다.

회사 사람 중에 누가 입원해서 병문안이라도 가는 건가? 하지만 병문안이라면 빈손으로 왔을 리 없다. 혹시 보험 상품 설명이라도 하러 가는 건가? 에어컨도 소용없는 차 안에서 나는 그런 생각에 빠져 있었다.

"병명은 ALS, 즉 '근위축성 측삭경화증'입니다. 운동신경세포가 선택적으로 손상되는 난치병이죠."

인사를 마치기 무섭게 이노쿠마라는 이름의 의사가 그렇게 말했다.

삽십 대쯤 되어 보이는 그는 반듯하게 가른 머리에 왁스를 얼마나 발랐는지 꼭 젖은 것처럼 보였다. 검은 테 안경을 썼고 턱에는 삐쭉삐쭉 수염이 자라 있다.

병문안이라는 내 추리는 빗나갔다. 물론 보험 상품 설명도 아니었다.

"오늘은 내가 이겼네. 정답은 병원 진료였어."

웃으며 접수처에 진찰권을 제출한 남편은 그 뒤로 내가 무슨 질문을 하든 이노쿠마 선생님이 설명하실 거라는 말만 반복했다.

남편이 진찰을 받으러 가는 거라고는 전혀 예상치 못했기에 눈앞에서 벌어진 상황에 그저 어리둥절할 수밖에 없었다. 의사가 보는 모니터 화면에는 남편 것으로 보이는 MRI 사진이 떠 있었고, 남편에게 검사 결과지가 건네졌다.

나도 보라며 남편이 결과지를 비스듬히 내밀었지만, 종이에 나열된 작은 숫자들이 무엇을 의미하는지 알 수 없었다.

좁은 진찰실 안이 답답했다. 바다에 빠진 것처럼 숨이 막혔다.

"그러니까 도모키, 아니, 제 남편이 근위축성…."

형편없이 갈라진 목소리가 마치 내 것이 아닌 듯 울렸다.

"루게릭병이라고도 하는데 들어보신 적 있으신가요? 일본에서는 약 만 명 정도가 앓고 있는 병입니다."

의사가 내 눈을 똑바로 바라봤다.

"네. 저기…."

시선을 돌려 남편을 봤지만, 어깨만 으쓱할 뿐이다. 난처할 때 나오는 남편의 버릇이다. 의사가 다시 나를 불렀다.

"부인, 남편분은 아직 초기이십니다. 손이나 손가락, 무릎에서 힘이 빠지고 근육이 위축되는 증상이 나타나서 소견서를 가지고 저희 병원에 오셨습니다. 검사 결과 지난달 초에 진단받으셨고요. 보호자에게 설명드리고 앞으로 어떻게 치료를 진행할지 콘퍼런스가 필요해서 같이 오시라고 말씀드렸습니다."

그런 증상이 있었다는 얘기는 듣지 못했다. 아, 그러고 보니 요즘 자주 무릎을 문지르고 거실에서 스트레칭을 하기는 했다.

지금 하는 얘기가 다 사실이라는 건가? 설마하니 이런 이야기를 들을 줄은 몰랐던 터라 현실감이 전혀 없었다.

내가 입을 꾹 다물고 있자 의사가 손가락을 세우더니 설명을 덧붙였다.

"아아, 콘퍼런스라는 건 회의, 그러니까 같이 의논해 보자는 겁니다."

 의사 뒤쪽에 앉은 간호사가 기록을 맡은 듯, 노트북에 손을 올린 채 나를 바라보고 있었다. 그 동정 어린 시선을 피하려고, 나는 꼭 쥔 손으로 시선을 떨궜다.

 지금 무슨 일이 일어난 거지?

 "루게릭병은 약물 치료로 병의 진행을 늦추는 방식이 일반적입니다. 우선 리루졸과 에다라본이라는 약을 쓰고 정기적으로 진행 상태를 확인할 겁니다. 하시는 일과 관련해서는 이쪽을 봐 주세요."

 의사가 내민 서류를 받으려 손을 뻗는 순간, 손끝이 파르르 떨렸다. 그제야 깨달았다. 내가 떨고 있었다.

 건네받은 서류에는 '난치병 환자의 근로를 지원합니다'라는 표제와 함께 근로 지원 대책과 보조금에 관한 설명이 나와 있었다.

 "현재 근무하시는 직장에 진단서를 제출하시고 앞으로 어떻게 할지 상의하셔야 합니다. 그만둬야 하는 상황이라면 취업 지원 기관에 도움을 요청해 보세요."

 의사는 일부러 사무적인 말투로 말하려 애쓰는 것이겠지만, 내 귀에는 너무나 매몰차게 들렸다.

 "저기…."

 "네."

 안경 너머에 있는 눈동자가 나를 똑바로 응시하는 순간 뭘 물어보려 했는지 머릿속이 하얗게 지워졌다.

"죄송합니다. 계속하세요."

의사가 손가락으로 안경을 밀어 올리고 다시 말을 이었다.

"그럼, 증상에 대해서 말씀드리겠습니다. 근육 위축, 다시 말해 근육이 점점 빠지게 될 텐데 앞으로 병이 진행되면 호흡기 근육을 포함해서 전신의 근육이 위축될 겁니다."

도무지 무슨 말인지 모르겠다.

"몸을 움직이기 어려워지고, 성대에 힘이 들어가지 않으면 구음장애, 그러니까 말을 할 수 없게 될 겁니다."

내가 왜 여기 있는 거지?

"물과 음식을 삼킬 수 없고 침과 가래가 많아질 겁니다. 이때 기관을 절개하고 인공호흡기를 달면 수명을 어느 정도 연장할 수 있습니다."

"어느 정도?"

그 말이 내 의식을 현실로 끄집어냈다.

"저기… 그게 무슨 말이죠? 치료할 수 없는 병이라는 뜻인가요?"

의사가 턱을 만지며 남편을 바라봤다.

"혹시 병에 관해서 설명하지 않으셨나요?"

"죄송합니다. 아무 말도 하지 못했습니다."

나는 고개를 푹 숙이는 남편을 멍하니 바라봤다. 남편은 이미

다 알고 있었고, 이제 내게 알리려고 여기 데려온 것이다.

"그러셨군요."

의사가 턱을 긁적이며 나를 똑바로 바라봤다.

"ALS는 진행성 난치병이고 증상이 나아지지는 않습니다. 대부분은 호흡기 근육 기능이 떨어져 호흡부전으로 사망하게 됩니다. 개인 차가 있기는 하지만 발병 후 평균 수명은 이 년에서 오 년 사이죠."

순간 주변의 모든 소리가 사라졌다. 예고도 없이 덮친 절망이 나를 나락으로 밀어 버렸다.

남편과 나는 고등학교에서 만났다. 덴류구에 살던 도모키는 하마마쓰역 근처에 있는 우리 고등학교까지 열차를 갈아타고 다녔다. 반 친구들 사이에서 인기가 많았던 그는 항상 무리의 중심에 있었고, 나는 그 주변에 있던 수많은 애 중 하나였다. 몇 달에 한 번쯤 우연히 말을 나누는 그런 사이였다. 그러니 고백받았을 때 깜짝 놀랄 수밖에 없었고 처음에는 장난이라고 생각했다.

도모키는 그때도 추리소설을 좋아했고 동아리 활동을 할 바에야 소설책이나 읽겠다고 당당하게 외치던 소년이었다. 사귀는 동안에도 우리 대화의 중심은 늘 소설 이야기였고, 독서를 싫어했던 나를 책 세상으로 이끌어 준 사람도 도모키였다. 그가 추천해 준 책은 하나같이 재밌었다. 미스터리 장르에 치우쳐 있었지만 매번 소설 속 트릭에 감탄했고, 때로는 안타까운 결말에 눈물을 흘리기도 했다.

고등학교를 졸업한 후에 도모키는 생명보험 회사에 취직했고 나는 전문대학에 진학했다. 자주 볼 수는 없었지만, 휴일이면 그가 나를 만나러 하마마쓰역까지 오곤 했다. 그러다 도모키가 운전면허를 땄고, 그때부터 휴일이 아닌 날에도 우리 집에 오게 됐다.

전문대를 졸업하고 부모님 연줄로 취직한 나는 작은 회사에서 사무직으로 일했다. 그렇게 몇 년간 일했는데 어느 날 갑자기 회사가 문을 닫고 말았다.

재취업 준비로 정신이 없던 어느 날 밤, 나는 뜻밖의 프러포즈를 받았다. 그날은 내 생일이었고 하루 종일 비가 내렸다. 습도가 높아서 머리는 부스스했고 그가 예약한 레스토랑이 너무 비싼 곳이라 마음이 편치 않았다. 취업 지원 기관에서 추천받은 몇몇 회사를 두고 고민하던 내게, 그는 엉뚱한 말만 늘어놓았다.

어쩌면 그날이 내가 처음으로 추리를 시작한 날인지도 모르겠다.

설마 지금 프러포즈하려는 건가?

그렇게 생각하니 어딘지 이상하던 도모키의 행동들이 이해가 갔다. 헤어지자는 말을 하려는 것일까 생각했지만, 지금까지 우리가 함께했던 날들을 돌아보면 그쪽일 가능성은 희박했다.

사건은 디저트가 나오기 직전에 터졌다. 순서를 착각한 레스토랑 직원이 그가 준비한 말을 하기도 전에 꽃다발을 가지고 와

버렸다.

"역시 프러포즈였네."

그날 뱉은 그 말이 내 인생 최악의 실수였다. 당황한 직원은 연신 죄송하다고 사과하고, 실망한 남편은 힘없이 어깨를 축 늘어뜨렸다.

그렇게 나는 그와 소박한 결혼식을 올리고 덴류구로 왔다. 그리고 유리카가 태어났다.

남편과의 만남은 처음부터 지금까지 지극히 평범했다. 하지만 그래서 더 행복했다. 앞으로도 그럴 거라고 믿었고, 믿고 싶었다.

방문 간호사 시미즈 씨가 오면 남편은 전동 휠체어를 타고 현관 앞까지 마중을 나간다. 그다음 자기 방에서 몸 상태를 확인하고 재활 운동을 한 다음 침대에 눕기까지 일련의 과정이 이어진다.

일주일에 세 번 반복되는 이 루틴을 시작한 지 얼마나 지났을까? 장마가 물러가고 파란 하늘이 넓게 펼쳐진 칠월 중순, 문득 헤아려 보니 남편의 병명을 처음 들은 지도 벌써 일 년이 다 되어 간다.

차를 우리면서 내 손을 바라봤다. 야위어 가는 남편과 함께 나도 말라가고 있었다. 근처 이웃들과도 자연스레 소원해졌다.

일부러 고립되려 한 건 아니다. 다만 무언가를 먹는 일도, 누군가와 이야기를 나누는 일도 기력이 없으면 할 수 없다는 사실을 깨달았을 뿐이다.

　이층에 있던 남편 방을 일층으로 옮겼다. 거실 뒤쪽에 있는 다다미방에서 시미즈 씨의 웃음소리가 들렸다.

　―발병 후 평균 수명은 이 년에서 오 년 사이입니다.

　순간 주치의가 했던 말이 불쑥 떠올라 머릿속을 헤집었다. 그날 이후로 수백 번, 아니 수천 번은 족히 반복됐다.

　평범했던 일상이 갑자기 끝나 버렸다. 남편이 난치병에 걸릴 거라고는 상상도 해 본 적이 없었기에 일 년이 지난 지금도 혹시 꿈이 아닐까, 생각한다. 꿈이기를 간절히 바라며 오늘까지 버텨 왔다.

　남편은 그다지 달라지지 않았다. 처음 병을 알았던 날부터 다 받아들였다는 그는 남은 기능을 유지하려고 최선을 다했다. 남편의 사정을 배려한 회사에서 파트타임 재택근무를 제안한 덕분에 비록 월급은 줄었어도 일은 계속할 수 있었다.

　하지만 눈에 보일 정도로 빠르게 근육이 빠져나갔다. 말은 알아들어도 혀가 제대로 움직이지 않아서 말하기 힘든 날이 많아졌고, 말하다가 혹은 밥을 먹다가 자주 사레에 들렸다.

　나는 거실 소파에 앉아서 멀뚱히 정원을 바라봤다. 활짝 피었던 꽃이 하나둘 시들고 잡초만 무성해진 지 이미 오래다. 볼 때마다 거슬렸지만 아무리 찾아도 기력 따위는 보이지 않는다.

　전부 악몽이었으면…. 남편 앞에서 괜찮은 척하는 일만으로도 하루가 벅차다.

남편은 처음 병을 알았을 때 왜 내게 바로 말하지 않았을까? 고작 추리 게임 따위로 얼버무릴 수 있는 일이 아닌데 어째서 말하지 않았을까?

물론 내가 빨리 안다고 나을 병은 아니다. 그렇지만 마음의 준비도 없이 갑자기 닥친 일이었기에 지금도 그날 일을 떠올리면 가슴이 먹먹해진다.

"가즈미 씨."

언제 나왔는지 시미즈 씨가 앞에 서 있었다. 벌써 시간이 이렇게 됐나?

요즘 내 일상은 끝없이 이어지는 생각에 지배당한 듯하다. 풀리지 않는 추리 게임을 반복하는 기분이다.

"아, 끝나셨어요?"

"네, 여기 서명 부탁드립니다."

그녀가 내민 노트에 오늘 한 간호 내용이 적혀 있었다.

시미즈 씨는 약국 기업이 운영하는 방문 간호 서비스 회사의 관리자로, 전에 큰 병원에서 근무했던 베테랑 간호사였다. 지금은 이혼하고 혼자 사는데 아들과 딸이 있다고 들었다. 나이는 쉰으로 나와 같지만 키는 나보다 십오 센티미터나 큰 그녀는, 대학 때 배구에 빠져 있었단다. 전부 남편에게 들은 정보다.

"상태는 어떤가요?"

나는 서명할 때마다 매번 똑같은 질문을 한다.

"오늘은 재활 운동을 두 세트 했어요. 도모키 씨가 계단을 오르내리는 연습을 하고 싶어 하셨는데 넘어질 우려가 있어서 하지 않았어요. 그런데 매일 혼자 연습한다고 하시던데요."

"어제도 몰래 혼자 이층에 올라갔어요. 제가 발견했을 때는 계단을 거의 다 내려온 뒤였다니까요."

한밤중에 이상한 소리가 들려서 나가 봤더니 남편이 앉은 자세로 계단을 내려오고 있었다.

"적어도 누가 지켜볼 수 있을 때 하면 좋겠는데, 말씀하시는 걸 들어 보면 또 몰래 하실 것 같네요."

시미즈 씨가 난처한 기색을 드러냈다.

"저도 다시 주의를 줄게요. 하, 작년까지는 평범하게 걸을 수 있었는데…."

올해 들어서 지팡이를 사용하게 된 남편은 어느덧 전동 휠체어 없이는 이동도 할 수 없을 만큼 상태가 나빠졌다. 조금씩 신체 기능을 잃어 가는 그를 곁에서 지켜만 봐야 하는 상황이 괴롭다.

"저기."

시미즈 씨가 남편 방 쪽을 흘끗 보더니 목소리를 낮췄다.

"이노쿠마 선생님과도 상의했는데요. 이제 인공호흡기 사용에 관해 상의해 보시는 게 좋을 듯싶네요."

앞으로 일 년 안에 호흡기 근육 기능도 떨어질 것이다. 호흡부전은 루게릭병 환자의 사망 원인 중 하나인 만큼 인공호흡기를 달지 말지를 미리 결정해야 한다. 한 번 인공호흡기를 달고 나면 제거했을 때 사망으로 이어질 수 있기 때문에 신중한 결단이 필요하다는 설명을 들었다. 다만 일찍 호흡기를 단 경우, 본인이 확실하게 의사를 밝히면 다시 제거할 수도 있다고 한다.

그러니 빨리 결정해야 하는데….

"저 사람이 그 얘기는 하고 싶어 하지 않아요. 다음에, 아직, 이라면서 미루기만 해서…."

무거운 한숨이 새어 나왔다.

노트를 받아든 시미즈 씨가 무릎을 굽혀 나와 눈을 맞췄다.

"어디까지나 제 개인적인 생각인데요. 대부분 호흡근 마비, 그러니까 자가 호흡이 힘들어지는 시기는 루게릭병 말기라고 생각하지만 저는 유지기라고 생각해요. 위에 구멍을 내서 직접 영양분을 공급하는 위루관 삽입을 병행하면 현재 의학 기술로도 어느 정도 수명을 연장할 수 있어요."

"그렇죠. 저도 알지만…."

또 한숨이 나온다.

남편의 생각을 알아야 했지만, 그보다 먼저 내가 어떻게 하고 싶은지도 알지 못했다. 전부 처음 겪는 일뿐이라 매일 하나씩 상처가 늘어 가는 기분이었다.

"콘퍼런스를 해 보면 어떨까요? 이노쿠마 선생님하고 다 같이 모여서 의사를 확인하다 보면 답이 나올지도 모르죠."

내가 뭐라고 대답했지? 문득 정신을 차려 보니 시미즈 씨가 현관을 나서고 있었다. 요즘 때때로 이렇게 순간을 건너뛸 때가 있다.

황급히 쫓아 나가 시미즈 씨를 배웅하고 돌아왔다. 이제 저녁 준비를 할 시간이다.

냉장고에 병원 영양사에게 받은 '루게릭병 환자를 위한 식사' 안내문이 붙어 있다. 체중이 줄지 않도록 고열량 식사를 해야 한다고 적혀 있다.

오늘의 메뉴는 걸쭉한 소스를 얹은 볶음밥이다. 음식을 삼키는 기능은 떨어지지 않았지만, 보조 도구가 없으면 남편은 입까지 음식을 가져가지 못한다.

참기름을 듬뿍 둘러 재료를 볶은 다음 달걀을 넣어 섞었다. 흰 쌀을 넣고 간을 하는데 남편 방 방문 열리는 소리가 들렸다. 전동 휠체어 모터 소리가 가까워졌다.

"음, 맛있는 냄새. 오늘은 볶음밥인가?"

핼쑥해진 얼굴을 보며 고개를 끄덕였다.

"소스를 얹으면 먹기 편할 거야."

테이블 위에 놓아둔 신문 쪽으로 천천히 손을 뻗은 남편이 느릿하게 제 쪽으로 끌어당겼다.

"점점 손발이 잘 안 움직여. 재활 운동을 더 열심히 해야겠어."

"그렇다고 혼자 계단 오르내리는 연습을 하면 안 되지. 넘어지면 어쩌려고 그래."

"아직 그 정도는 혼자 할 수 있으니까 걱정하지 마."

어쩜 저렇게 아무렇지 않은 얼굴을 할 수 있을까.

남편의 생활은 백팔십도 달라졌다. 마음대로 집 밖에 나갈 수도 없고 스스로 할 수 있는 일이 나날이 줄어 갔다. 그런데도 어떻게 힘들다는 투정 한 번을 하지 않을까.

그래야 나도 같이 울 수 있고, 이 비극을 둘이 함께 나눌 수 있을 텐데….

동그란 접시 두 개에 볶음밥을 담고 소스를 얹었다.

"명탐정 추리 게임 하지 않을래?"

"또?"

얼마나 지루할지 이해는 한다. 그래서인지 남편은 종종 거창한 봉투에 넣은 편지를 건넨다. 편지에 적힌 수수께끼를 풀어 남편이 숨겨 놓은 물건을 찾아내면 되는 게임이다. 남편은 항상 주방용 타이머나 면봉같이 당장 쓰지 않을 물건들만 숨겼다.

"일단 밥부터 먹고."

편지를 받아 앞치마 주머니에 찔러 넣었다.

"오늘은 어려울 거야."

어쩌면 저렇게 태평할까.

"아, 그리고 케어 매니저한테 연락해서 요양보호사 좀 보내달라고 부탁해 줘."

남편이 문득 생각났다는 듯 말을 덧붙였다. 케어 매니저는 남편이 이용할 서비스를 의뢰하거나 일정을 조정해 주는 사람이다.

"응? 요양보호사는 왜?"

"슬슬 혼자 씻기가 힘들어서. 시미즈 씨 쪽에도 부탁할 수 있지만 거기는 시간이 한정되어 있잖아. 목욕할 때는 방문 요양보호사 도움을 받아야겠어."

이런 이야기도 신문을 읽으며 날씨 얘기라도 하듯 말한다.

"목욕이라면 내가―."

"돈 걱정은 하지 마."

남편이 빙긋 웃는다.

"내가 무슨 일 했는지 잊었어?"

"아… 그렇지."

남편은 보험 마니아다. 자기 회사 보험은 물론 다른 회사의 보험도 여러 개 가입해 뒀다. 루게릭병 진단을 받고 국가 요양보험도 신청했다. 요개호 2등급[*] 판정을 받자 가입해 둔 간병비 보험에서 깜짝 놀랄 만큼 거액의 보험료가 입금됐고, 통원 치료를 받을 때마다 보조금이 나와서 수입은 오히려 전보다 늘었다. 다음 달에도 또 다른 보험회사에서 지급될 보험금이 있다.

---

[*] 한국의 장기 요양 등급과 비슷한 제도로, 요개호 2등급은 기본적인 일상생활에 부분적으로 도움이 필요한 상태를 말한다.

"일도 조만간 그만둬야 할 것 같아. 그러면 퇴직금 말고도 보험에서 연금이 나올 거고, 공적 지원금도 받을 수 있어."

"그건 알지만…."

남편이 신문을 접어두고 휠체어를 창가로 이동시켰다. 창문 밖에 붉은 노을이 번져 있었다.

"지금은 가족보다는 전문가들의 손을 빌리고 싶어."

휠체어에 앉은 남편의 그림자가 내 쪽을 향해 길게 드리웠다.

나는 아무 말없이 보글보글 끓는 소스 위로 솟아오르는 끈적한 공기주머니만 응시했다.

"가즈미, 앞으로 내 몸은 점점 더 약해질 거야. 당신한테 부담되지 않게 지금부터는 최대한 요양보호 서비스를 이용하고 싶어."

"그래, 알았어."

"병세는 계속 나빠지겠지. 하지만 내가 죽어도 걱정하지 마. 사망보험금도 꽤 많이–."

"손 씻고 와. 다 됐어."

내 말에 남편이 휠체어를 움직여 욕실로 향했다.

언젠가는 죽는 병이라는 건 알고 있다. 하지만 그날을 미리 생각하고 싶지는 않다. 남편은 내가 자기 병을 받아들였다고 생각하는 걸까? 그렇다면 큰 착각이다. 남편이 시한부 선고를 받은 그날 이후로 나는 한 걸음도 내딛지 못했다. 어째서 그걸 모를까.

내 딸이지만 참 매정하다. 남편이 아프고부터는 집에 오는 횟수가 부쩍 줄었고, 왔다가도 금방 돌아가 버린다. 오늘도 씻고 나왔더니 거실에 앉아서 한 손에 과자를 들고 텔레비전을 보고 있다.

밤 열 시가 넘은 시간, 일부러 남편이 방으로 들어간 때에 맞춘 거다.

"깜짝이야. 간 떨어지겠다."

"뭘 놀라고 그래."

수건으로 머리를 닦으며 못마땅하게 흘겨봤지만, 유리카는 눈썹 하나 꿈쩍하지 않는다.

"갑자기 들어와 있는데 안 놀라는 게 이상하지."

"벨 누르면 아빠 깨시잖아. 그리고 온다고 메시지 보냈거든?"

누가 제 아빠 딸 아니랄까 봐, 말로는 못 당한다. 나한테는 못된 말도 서슴없이 내뱉으면서 이웃들에게는 사근사근한 착한 딸이라는 말을 듣는 것도 똑같다.

"씻느라 못 봤어. 그리고 야밤에 왜 밖에 나와."

"그 사람 오늘 야근이라 괜찮아."

"그게 아니라 시부모님이 뭐라고 생각하시겠어."

유리카는 어릴 때부터 그랬다. 혼을 내면 그 자리에서는 깊이 반성한 것처럼 행동하다가도 똑같은 짓을 반복했다. 매번 통금 시간을 어겼고 공부는 늘 뒷전이었으며, 자기 방 청소 한번을 제대로 한 적이 없다.

"괜찮아, 시댁 식구들도 아빠 편찮으신 거 다 아니까."

태연하게 주스를 마시는 딸을 보고 있자니 속이 부글부글 끓었다. 보나 마나 아버지 간병을 돕는다는 핑계를 댔을 거다.

 손가락 하나 까닥하지 않으면서 말은 잘하는구나.

 나는 목구멍 끝까지 치밀어 오른 그 말을 간신히 삼켰다. 그렇게 말했다가는 지금보다 더 고립될 사람은 나니까.

 간병을 하면서 처음으로 알았다. 누군가를 보살피는 것은 세상에서의 고립을 택하는 것이나 다름없었다. 딸조차 이해해 주지 않는 이 싸움을 홀로 해나가는 일상이 영원히 끝나지 않을 것만 같다. 그렇다고 위로의 말이 듣고 싶은 것은 더더욱 아니다.

 남편을 담당하는 케어 매니저는 내게 가족 간병 교실에 나가 보라고 했다. 간병하는 가족들이 모여서 서로의 상황을 이야기하는 모임이라는데, 줄곧 거절했더니 요즘은 아예 말도 꺼내지 않는다. 조금이라도 나아질 여지가 있다면 얼마든지 나가겠지만, 지금처럼 회복을 기대할 수 없는 상황에서는 참가할 이유가 없었다.

 시미즈 씨가 좋은 사람인 건 알지만, 결국 그녀도 자기 일을 할 뿐이다. 남편의 상태만 꼼꼼히 살피면 그만이었다. 옆에서 보살피는 가족까지 책임져야 할 의무까지는 없었다.

 "하아."

 오늘만 몇 번째인지 모를 한숨이 또 바닥으로 떨어졌다. 생각이 점점 부정적인 방향으로만 내달린다.

 "그렇게 힘들면 시설에 모시면 되잖아."

유리카가 툭 던지듯 말했다.

"뭐?"

"보험금도 많이 받았다며. 인터넷으로 알아보니까 요즘은 복지 시설이나 요양 시설도 상당히 잘 되어 있대. 의료 시설이 있는 곳도 있고, 물론 비용은 좀 비싸더라도 그만큼 좋은 대우를 받을 수 있어."

화가 나기보다는 놀란 나머지 말문이 막혔다. 힘이 쭉 빠져서 나도 모르게 몸이 휘청거렸다. 방금 씻고 나왔는데 몸에서 땀이 솟았다.

"농담이라도 그런 소리 하지 마."

목소리를 간신히 짜내어 말했다.

"농담 아니야. 간병하면서 괴로워할 바에야 전문가한테 맡기는 편이 낫다고 생각해."

"입 다물어."

"가까운 시설에 모시면 엄마도 편한 마음으로 보러 갈 수 있–."

"그만 못해!"

고함을 치고서야 아차 싶었다. 분명 남편 방까지 들렸을 거다.

"이 집에서 그런 말 하지 마."

고립으로 향하는 계단을 또 한 칸 내려왔다. 아래로, 아래로 끝없이 이어지는 이 계단의 끝은 칠흑 같은 어둠에 잠겨 있다.

"시설을 나쁘게만 보지 마. 다음에 같이 한번 가 보자."

듣기 싫다는데 왜 멈추지 않는 걸까?

나는 소파에 누워서 턱을 괴고 있는 딸을 바라보며 목소리를 낮췄다.

"아빠 마음이 어떠실지 생각해 봤어? 아빠는 이 집에서 살고 싶어 하고, 나도 그러길 원해. 아무것도 돕지 않으면서 그렇게 쉽게 말하지 마."

이번에는 유리카가 답답하다는 듯 한숨을 쉬었다.

"아빠가 그래? 물어봤어?"

"물어보지 않아도 알아. 아빠가 이 집을 얼마나 좋아하는―."

아, 틀렸다. 폭발할 듯 치솟는 화 때문에 목소리가 떨려서 말을 이을 수가 없다. 더 이상 말해 봤자 소용없는 짓이고 서로 감정만 상할 뿐이다.

"아무튼 오늘은 그만 돌아가."

"알았어. 그럼, 마음대로 해."

유리카는 바닥을 쿵쿵 울리며 나가 버렸다.

안에서 문을 잠그고 그대로 현관 문턱에 쓰러지듯 주저앉았다. 죄책감이 가슴을 옥죄어 왔다.

절대 남편을 시설에 보내지 않을 거다. 온몸의 근육이 전부 움직이지 않게 돼도 집에서 지내는 사람이 있다고 들었다.

일본 루게릭병 협회 홈페이지는 수도 없이 들어가 봤다. 남편과 같이 병마와 싸우면서도 활동적으로 살아가는 사람들을 보고 그때마다 용기를 얻었다. 개인 블로그나 SNS도 틈틈이 찾아봤다.

하지만 이 주변에는 루게릭병 지원 단체가 없다. 근처에서 운영하는 가족 간병 교실에도 남편과 같은 병을 앓고 있는 환자 가족은 없다고 들었다.

이 고통을 누군가와 나누고 싶다. 같은 병을 안고 있는 환자 가족끼리라면 마음속에 엉킨 감정들을 말로 풀어낼 수 있을까? 아니, 어차피 서로 완벽히 이해할 수는 없을 거다.

"싫다…."

결국 또 부정적인 생각에 빠져든다. 유리카가 그런 말을 한 이유도 내 표정이 무척이나 어둡기 때문이겠지. 그러니 억지로라도 즐거운 생각을 해야 한다.

내일 아침에는 오랜만에 돼지고기 덮밥을 만들어야겠다. 압력솥으로 재료를 삶으면 우엉이나 연근도 부드럽게 익힐 수 있다.

무슨 채소가 있는지 확인하다가 문득 아까 남편에게 받은 편지가 떠올랐다. 오늘은 어려울 거라고 했었던….

어차피 이런 기분으로는 누워 봤자 잠이 올 리 없었다. 나는 주방 구석에 걸어둔 앞치마 주머니에서 봉투를 꺼냈다. 남편이 아직 지팡이를 짚고 걸을 수 있었을 때 문구점에 가서 사 온 두꺼운 남색 봉투다.

봉투 겉면에는 매직으로 '명탐정에게 보내는 도전장'이라고 쓰여 있다. 몇 번이나 재사용한 봉투라 모서리 부분이 닳아 있었다.

명탐정에게 보내는 도전장

안에 든 편지지에는 겉면에 써진 글자보다 조금 더 삐뚤빼뚤한 글씨체로 남편이 낸 수수께끼가 적혀 있다.

나무 아래에 말통이 있음. 찾아봐(キノシタにタンクあり、そうさくせよ).

이번에는 말통을 숨긴 모양이다. 우리 집에 있는 말통이라면 고작해야 등유를 담는 통 정도다. 하지만 그 통은 정원 구석 창고에 있고 남편 혼자서는 정원에 나갈 수 없다. 그렇다면 그 통은 아니라는 말이다.

다시 편지를 자세히 들여다보니 히라가나와 가타카나가 섞여 있었다.

"아…!"

사고회로가 하나로 이어졌다. 가타카나로 써진 글자만 모으면 'キノシタタンクセ', 여기서 글자 배열을 바꾸면 'センタクキノシタ', 즉 '세탁기 아래'다.

어려울 거라고 했지만 지난번보다 훨씬 쉽게 풀었다. 찾은 물건은 내일 아침에 남편이 볼 수 있게 식탁 위에 올려놔야겠다. 기뻐할 남편 얼굴이 눈에 선하다.

신기하게도 남편이 낸 추리 게임을 할 때만은 마음이 한결 가벼워진다. 수수께끼를 풀었을 때는 콧노래까지 흥얼거릴 정도다.

바로 욕실로 가서 세탁기 아래를 보니 봉투 하나가 놓여 있었다. 당연히 평소처럼 숨겨 놓은 물건이 있을 줄 알았기에 순간 맥이 탁 풀렸다.

 이번 추리 게임은 이 단계로 트릭을 걸어 놓은 걸까? 첫 번째와 달리 문구점에서 산 봉투가 아니라 정사각형의 하얀 봉투였다. 겉면에는 삐뚤빼뚤한 글씨로 '명탐정에게'라고 쓰여 있었다.

 봉투를 열자 편지 속 남편이 차분히 말을 건네 왔다.

* * *

명탐정에게

이번에도 추리하느라 고생 많았어.
지금까지 정말 많은 수수께끼를 풀었네.

요즘 점점 손가락을 움직이기가 힘들어.
아마도 이렇게 긴 편지를 쓰는 건 마지막이 될 듯해.
그래서 이번엔 물건 대신 편지로 정했어.

작년 여름에 당신을 고사이 제2 병원에 데려갔었지.
사실 진단을 받은 건 그보다 훨씬 전이었고, 주치의가 되도록
빨리 보호자와 함께 내원하라고 여러 번 재촉했었어.

당신이 충격을 받을 걸 알기에 말할 용기가 안 나더라.

이제 와서 새삼스럽지만 정말 미안해.

솔직히 나도 아직 현실을 제대로 받아들이지 못하고 있어.

그래서 항상 농담처럼 말하는지도 몰라.

그런데 시미즈 씨가 따끔하게 충고하더라고.

당신한테 진솔하게 내 마음을 전하라고.

말로 할 자신이 없어서 여기에 적을게.

내가 왜 이런 병에 걸렸을까 매일 생각해.

현대 의학으로도 밝혀내지 못한 병이니, 내가 알 수 있을 리도 없고, 알아도 어쩔 도리가 없다는 건 알아.

다만 당신을 고생만 시켜서 면목이 없을 뿐이야.

이 편지를 읽고 난 후, 아니 어쩌면 전일 수도 있겠네.

유리카가 나를 시설에 입소시키면 어떻겠냐고 물을 거야.

내가 유리카에게 부탁했거든.

나는 당신이 항상 웃었으면 좋겠어. 당신을 힘들게 하고 싶지 않아.

이런 말은 내가 직접 해야 하는데, 역시 나는 겁쟁이인가 봐.

결국 딸에게 부탁하고 말았네.

시내에 신경성 난치병 전문 호스피스 병원이 몇 군데 있어. 여기서 좀 떨어진 곳이지만 그곳에 들어가고 싶어.

그래야 서로 편한 마음으로 볼 수 있을 거야. 그러니까 한번 생각해 봐.

그리고 또 하나 중대 발표가 있어. 인공호흡기는 달고 싶지 않아.

이게 이번 추리 게임의 정답이야.

* * *

그 자리에 얼마나 앉아 있었을까?

뺨을 타고 흐르는 물이 땀인지 눈물인지 알 수 없었다. 다시 한번 읽어 보려고 편지지를 펼쳤지만, 글자가 눈에 들어오지 않았다.

남편 방 앞으로 갔더니 방문 틈 사이로 빛이 새어 나오고 있었다.

"도모키."

조용히 부르자 이불이 스치는 소리가 들렸다.

방문을 열어 보니 남편이 침대 아래에 앉아 있었다. 무릎을 끌어안고 고개 숙인 채 마치 아이처럼 웅크리고 있다.

"편지 읽었어."

"미안해."

내 말에 남편이 조용히 대답했다. 새치 염색을 하지 않아서인지, 살이 빠져서인지 나보다 훨씬 나이 들어 보였다.

"정말 시설에 들어가고 싶어? 그게 정말 당신이 원하는 거야?"

오랜 세월 부부로 살아온 우리 사이에는 대답하지 않는 것도 대답이라는 걸 알고 있다.

무릎을 꿇고 남편 앞에 앉자 가느다란 목소리가 흘러나왔다.

"그렇지만… 인공호흡기는 달지 않을 거야. 그것만은 확실해."

"그럼, 시설 얘기는 진심이 아니라는 거네. 날 생각해서 그런 거면 솔직하게 말해."

"그렇지만…."

또 그렇지만이다.

"당신 고생시키고 싶지 않아."

"응, 나라도 그렇게 말했을 거야."

내 대답에 놀란 남편이 고개를 들었다가 다시 푹 숙였다.

"나도 계속 고민했고 아마 앞으로도 그럴 거야. 하지만 당신 편지를 읽고 깨달았어. 당신 간병하면서 나는 내가 고립됐다고 생각했어. 그런데 아니야. 내가 틀렸어. 당신이 있으니까, 당신이 여기 함께 있으니까 힘을 낼 수 있었던 거야. 나는 혼자가 아니었어. 늘 당신이랑–."

말은 끝내 나오지 않고, 눈물만이 조용히 흘러내렸다. 뜨겁게 쏟아지는 눈물 속에서 오히려 생각이 하나둘 정리되어 갔다.

"앞으로 벌어질 일만 걱정했어. 당신 몸이 움직이지 않으면 어쩌지, 목소리가 나오지 않으면, 음식을 삼키지 못하면 어떡하나, 그 생각뿐이었어. 그러느라 지금 이 순간을 보지 못했어."

"나도 그래. 혀가 잘 돌아가지 않고 몸도 움직이기 힘들어. 점점 약해지는 내가 무서워서 도저히 견딜 수가 없어."

남편의 손을 잡았다. 여름인데도 얼음장처럼 차가웠다.

"이번 추리 게임, 하나도 어렵지 않아. 답이 너무 쉬운걸. 시설에는 들어가지 않는 거고, 인공호흡기는 천천히 다시 생각해 보자."

남편 눈에서 한줄기 눈물이 흘러내렸다. 유리카가 태어난 날 이후로 남편이 우는 모습을 본 적이 없었다.

"나도 지금의 현실을 제대로 받아들일 테니까 당신도 그렇게 해 줘."

"나는… 이 집에 있고 싶어. 그리고 당신하고 같이 외출도 하고 싶어."

"가고 싶은 곳이 있으면 같이 가자. 나도 나름대로 알아봤어. 국가 요양보험으로는 어렵지만, 개인적으로 도와줄 사람을 고용하면 어디든지 갈 수 있어."

시간이 얼마 남지 않았다면, 더더욱 이대로 주저앉아 있을 수만은 없다. 다가오는 밤을 기다리며 떨고만 있을 것이 아니라 함께 지금 이 순간을 살아가야 한다.

명탐정에게 보내는 도전장

"비용이 많이 들잖아."

남편의 말에 싱긋 눈을 접었다.

"돈 걱정은 하지 말라고 말한 사람이 누구더라?"

내 웃음에 이끌리듯 남편도 작게 웃었다. 그리고 그동안 가고 싶었던 곳을 몇 곳 꼽았다.

나중에 유리카에게 연락해서 외출할 때 도와달라고 해야겠다. 사위에게 운전을 부탁할 수도 있고.

더는 주저앉아 있지 않을 것이다. 언젠가 우리에게 어둠이 찾아온다 해도 이 손은 절대 놓지 않을 것이다.

거실 바닥에 앉아서 목욕 수건을 접었다.

하나로는 부족할 테니 네 장을 챙기고, 세면용 수건도 따로 여섯 장 더 챙겼다.

"그건 왜 챙겨? 목욕 수건은 준비하지 않아도 된다고 하지 않았나?"

유리카의 목소리에 딸이 집에 와 있었다는 사실을 새삼 상기했다.

"아빠 침대에 깔 거랑 침을 닦을 때 쓸 수건도 필요하대."

"나도 도울게."

바닥에 앉은 유리카가 능숙하게 수건을 접었다.

남편에게 편지를 받은 뒤로 또 일 년이 흘렀다. 올해도 여름이 마을을 뜨겁게 달구기 시작했다. 오늘 아침에는 평소보다 조금 늦게 정원에 물을 주러 나갔더니 잠시 서 있기만 해도 땀이 이마를 타고 흘러내렸다.

"아빠는 여전히 못 만나는 거야?"

"병원에 아직도 독감이 돌고 있다나 봐."

그날 이후 남편은 집에서 생활을 이어갔다. 방문 간호사를 비롯해 가래 제거를 도와주는 요양보호사, 개인적으로 고용한 마사지사 등 여러 복지 서비스를 이용했고, 다양한 의료용 보조 기구들도 마련했다.

마음가짐을 바꾸자 남편 몸이 점점 쇠약해지는 모습도 어느 정도 담담하게 받아들일 수 있었다.

다른 환자들의 투병기를 읽어 보니 남편은 다른 사람보다 진행이 느린 편이었다. 이제는 혼자 일어서지 못하고 말도 거의 할 수 없지만, 아직도 컴퓨터 자판은 나보다 빨리 친다. 의사 말로는 눈동자를 움직여서 글자를 입력할 수 있는 컴퓨터도 있다고 하니 언젠가 그것도 사게 될 것 같다.

주변 사람들의 도움 덕분에 할 수 없는 일에 시간을 허비하지 않고 할 수 있는 일에 집중할 수 있었다. 휠체어를 타고 밖에 나가서 이웃들과 대화를 나누기도 했다.

계속 이대로만 살았으면 좋겠다고 생각하던 때, 지난주 갑자기 남편 몸에서 열이 나기 시작했다. 결국 시즈미 씨에게 연락해 상의한 다음 구급차를 불렀다.

검사 결과, 원인은 흡인성 폐렴이었다. 음식물이 폐로 잘못 들어가 세균 감염을 일으키는 질환이라고 했다.

입원한 지 일주일이 지났는데 아직도 열이 떨어지지 않았고 여러 감염 위험 때문에 면회도 할 수 없는 상황이다.

"아빠, 여전히 인공호흡기는 달지 않으시겠대?"

유리카가 불룩해진 배에 손을 얹으며 천천히 소파에 앉았다.

"산소마스크는 끼고 있지만 호흡기는 싫으시대."

"그렇게 둘 거야? 인공호흡기를 달면 숨쉬기도 편해질 거고, 더 오래 사실 수 있잖아."

"괜찮아, 나는 아빠 결정을 따를 거야."

그날 이후로 루게릭병 환자 가족 모임에 가끔 온라인으로 참석하게 됐다. 모임에서도 인공호흡기를 달았다는 사람은 삼십 퍼센트 정도로 생각보다 많지 않았다. 어느 날은 남편도 같이 참석해서 사람들과 글로 소통하기도 했다.

"매일 와 줘서 고맙지만 그렇게 걱정하지 않아도 돼. 이제 출산도 얼마 안 남았잖아."

"전에는 좀 도우라며."

시간의 흐름은 유수와 같다. 임신했다는 말을 들은 게 엊그제 같은 데 벌써 출산 예정일이라니.

"그리고."

유리카가 정원에서 잡초를 뽑고 있는 남편에게 시선을 돌렸다. 이렇게 더운 날 아침부터 밖에서 고생이다.

"저 사람이 엄마를 돕고 싶대. 솔직히 나도 전부터 아빠보다는 엄마를 도우러 오는 거고."

"그래, 고맙다."

모두가 우리를 지켜 준다. 퇴직한 남편을 보러 직장 동료들이 다녀갔고, 입원하기 얼마 전에는 예전에 퇴직한 선배까지 찾아왔다.

"그나저나 이거 계속 이대로 둘 거야?"

유리카가 턱짓으로 거실 테이블 위에 놓아둔 편지를 가리켰다. 겉면에는 언제나 그렇듯 '명탐정에게 보내는 도전장'이라고 적혀 있다.

"입원 때문에 정신이 없어서 볼 새가 없었어."

"지금 보면 되겠네. 혹시 오늘은 면회가 될지도 모르잖아. 병원에 가기 전에 풀어야 답을 말해 주지."

나는 구깃구깃해진 봉투를 집어 들며 작년에 받았던 편지를 떠올렸다.

그때만 해도 글씨를 쓸 수 있었는데….

전에는 걸을 수 있었는데, 대화를 나눌 수 있었는데…. 여전히 이런 생각을 하는 걸 보면 나도 참 욕심이 많다. 마음을 굳게 먹고 현실을 받아들이자고 다짐했으면서도 문득 정신을 차려 보면 또 과거를 붙잡고 있다.

정기 검진을 하러 가는 딸과 사위를 배웅하고 나서 소파에 앉았다.

그날 이후로도 '명탐정에게 보내는 도전장'은 계속됐다. 요즘은 움직일 수 없는 남편을 대신해서 시미즈 씨가 물건을 숨겨 주고 있다. 지난번에 숨긴 물건은 온 집안을 뒤진 끝에 변기 물탱크 밑에서 찾았다.

주로 꽃씨일 때가 많았다. 코스모스나 제비꽃, 안개꽃, 프리뮬러, 지금은 봄에 심은 해바라기가 여름 햇살을 받아 예쁘게 꽃을 피웠다.

"도모키한테 보여 주고 싶네."

시설에 들어가지 않은 건 참 잘한 선택이었다.

고작 일주일 못 봤을 뿐인데 이렇게나 쓸쓸하니 말이다. 열은 곧 떨어질 테니 퇴원하면 남편에게 정원에 핀 꽃을 보여 줘야겠다. 당신이 준 꽃씨가 이렇게나 예쁘게 자랐다고.

편지를 열어 보니 컴퓨터로 친 글자가 보였다.

음계대로라면 위로 올라가야 하지만, 만약 반대로 하면

일 년 동안 남편은 꿋꿋하게 재활 운동을 계속했다.

전에 타던 경차를 전동 휠체어를 대신할 특별한 이동 수단으로 개조해 이곳저곳을 함께 다녔다. 하마나호 일주 드라이브를 시작으로 지난달에는 활동 보조인을 고용해서 기후현에 있는 다카야 마까지 다녀왔다.

우리가 특히 좋아했던 곳은 가케가와시였다. 가케가와성과 도서관, 미술관은 여러 번 다시 갔었다.

지금도 남편 방에는 인화한 사진들이 빼곡히 붙어 있다.

남편은 분명 집으로 돌아올 거다. 그러니 나도 웃으며 기다려야지.

스스로 기운을 불어넣고 남편이 준 도전장을 다시 읽었다. 이번에도 쉽다. 음계는 '도레미파솔라시도(ドレミファソラシド)'를 말하는 걸 테고, 거꾸로 하면 '도시라솔파미레도(ドシラソファミレド)'가 된다. 이 중에서 단어로 만들 수 있는 부분은 '소파(ソファ)'뿐이다. 전부 거꾸로라고 했으니 아래라는 뜻일 테고 그렇다면 답은….

"소파 밑이네."

상체를 숙여 소파 밑을 들여다보니 역시나 소파 바닥에 봉투가 붙어 있었다. 분명 시미즈 씨가 붙여 놓았을 거다.

오랜만에 남편에게 편지를 받았다. 전에 받았던 편지에서 인공호흡기를 달지 않겠다는 선언을 봤을 때는 가슴이 철렁 내려앉았지만, 딸에게 말했듯이 남편의 선택을 존중하기로 했다.

설마 이번에도 뭔가 심장이 철렁할 소리가 쓰여 있는 건 아니겠지…?

불길한 예감을 떨쳐내듯 바로 편지지를 펼쳤다.

* * *

명탐정에게

이 수수께끼도 풀다니 내가 명탐정님을 너무 만만하게 봤군.
이번에는 꽃씨가 아니라 오랜만에 당신에게 편지를 썼어.

불안해?
걱정하지 마. 오늘은 신기한 얘기를 하려는 거니까.

종착역의 전설이라고 들어 봤어? 덴하마선 주변에 사는 사람들 사이에서는 이미 유명한 전설이야.
만나고 싶다고 간절히 바라면, 누구든 종착역에서 만날 수 있다. 만날 수 없는 사람이라도. 그런 내용이었던 걸로 기억해.
어릴 때 잠이 오지 않아서 눈을 말똥말똥 뜨고 있으면 어머니가 자장가처럼 들려주시던 얘기였어.
물론 진짜라고 믿지는 않았는데 작년에 오랜만에 그 얘기를 다시 들었거든.
혹시 기억해? 당신과 처음 병원에 갔던 날, 열차에서 만났던 자매. 종착역의 전설 이야기를 하길래 반가운 마음에 말을 걸었던 거였어.

그랬더니 두 사람이 입을 모아서 그 전설이 진짜라는 거야.
자기들이 직접 보고 왔다면서. 농담이 아니라 정말 진지하게 말했어.

그때 생각했지. 내 병은 점점 근육이 위축돼서 결국에는 말도 할 수 없는 상태가 되잖아. 실제로 지금은 글씨도 쓸 수 없고 말도 하기 힘들어졌고.
그래서 말인데 이 전설대로 한번 해 보면 어때? 어쩌면 우리가 다시 마주 앉아 이야기를 나눌 수 있을지도 모르잖아.
어느 역이든 상관없으니까 일단 덴하마선 열차를 타고 종착역인 가케가와역에 도착할 때까지 나를 만나고 싶다고 생각하면 돼.
그 자매 말로는 그 뒤는 니토라는 역무원이 가르쳐 줄 거래.

당신, 지금 인상 쓰고 있지?
그런데 가즈미, 나는 내 몸이 움직이지 않게 돼도 당신을 만나고 싶을 거야. 만나서 전처럼 같이 얘기하고 싶어 할 거야.

오늘의 추리는 여기까지.
다음 활약도 기대할게.

＊＊＊

명탐정에게 보내는 도전장

다음 날 아침 일어나자마자 고사이 제2 병원으로 향했다.

원래 어제 갈 생각이었는데 전화로 병원에 확인했을 때 무슨 일인지 주치의가 통화하기를 원한다고 전화를 바꿔 줬다. 지금도 주치의는 이노쿠마 선생님이지만 요즘은 호흡기 내과 의사와 얘기할 일이 많아서 목소리를 오랜만에 들었다.

형식적인 인사를 나누자마자 그가 본론을 꺼냈다.

"사실, 오늘로 제가 퇴직하게 됐습니다."

그는 별일 아니라는 듯 태연하게 말했다.

"휴가가 남아서 당분간은 재직 상태겠지만, 오늘은 인수인계로 정신이 없어서 후임으로 온 선생님은 내일 이후에 만나셨으면 합니다."

그는 아이치현에서 지금과는 다른 진료과 병원을 개원할 예정이라고 했다. 그렇게 용건만 전달하고는 바로 전화를 끊어 버렸다.

남편의 병을 안 지 올해로 삼 년째. 최근 일 년 동안은 방문 진료 의사가 남편의 상태를 확인해 왔다.

새삼 그사이 많은 일이 있었다는 사실을 깨달았다.

버스에서 내리자 우뚝 솟은 고사이 제2 병원이 나를 내려다봤다.

어제 읽은 편지 내용이 머릿속에 맴돌아서 운전에 집중하지 못할 것 같았기에 차는 가져오지 않았다.

"종착역의 전설이라…."

편지글에서 남편이 진심으로 전설을 믿고 있다는 걸 느낄 수 있었다. 그는 덴류하마니코 철도의 종착역인 가케가와역까지 가면 우리가 다시 만나 이야기를 나눌 수 있을 거라고 했다.

하지만 가지 않을 생각이다. 남편의 병을 안 이후로 현실 세상에 납작 엎드려 기다시피 조심조심 살아왔다. 미약하게나마 희망을 품으면 무참히 깨져 버리기 일쑤였다.

그런 꿈같은 이야기를 믿기에는 불안불안한 마음으로 위태롭게 간신히 버텨 온 날들이었다. 태평한 남편이 부럽기도 하고 조금은 화가 나기도 했다.

"그만!"

부정적인 생각을 떨쳐내고 병원 입구를 향해 걸음을 옮겼다. 입구에 학교 운동회 때 쓰는 하얀 텐트가 설치되어 있었고, 간호사들이 접이식 테이블에 놓인 컴퓨터로 무언가를 하고 있었다.

"원내 감염 방지를 위해서 면회를 금지하고 있습니다."

젊은 간호사가 내 앞을 가로막았다.

"후지사와 도모키 환자 아내예요. 삼층 십 호실입니다. 수건을 가져왔어요."

"감사합니다. 후지사와… 아, 잠시만요. 죄송하지만 잠시만 기다려 주세요."

간호사가 앞에 놓인 내선 전화 수화기를 들어 통화한 뒤 나를 상담실로 안내했다. 병원 안은 마치 휴진일인 듯 조용하다 못해

고요했다.

몇 분이 지나고 의사와 간호사가 상담실로 들어왔다. 베테랑 간호사인 시바타 씨는 병원 검진을 왔을 때 자주 보던 얼굴이다.

"앞으로 후지사와 도모키 환자분을 담당하게 됐습니다. 다나베라고 합니다."

마스크를 쓴 탓에 얼굴이 잘 보이지는 않았지만, 힘 있는 목소리로 보아 젊은 의사인 듯했다.

"안녕하세요. 남편 일로 신세를 지게 됐네요. 잘 부탁드립니다."

앉은 채로 깊게 고개를 숙였다.

"갑작스럽지만 본론만 말씀드리겠습니다. 현재 후지사와 도모키 환자분은 흡인성 폐렴으로 치료받고 계십니다."

"네."

"이런 말씀 드려서 유감입니다만, 호흡기 내과 선생님 말씀으로는 상태가 많이 안 좋으시다고 합니다. 항생제를 투여하면서 상태를 지켜보고 있는데 열이 떨어지지 않고 산소포화도도 계속 떨어지는 상태예요."

무거운 표정으로 말하는 의사 옆에서 시바타 씨도 시선을 들지 못했다. 고열 때문에 몸이 산소를 제대로 흡수하지 못한다는 말인 듯했다.

"저기… 흡인성 폐렴은 고칠 수 있는 병 아닌가요?"

폐에 들어간 이물질만 제거하면 바로 나을 거라고 믿고 있었기에 안타까움이 묻어나는 두 사람 표정을 이해할 수 없었다.

"약을 투여하고 가래도 계속 뽑아내고 있습니다만, 환자분은 인공호흡기 치료를 원하지 않으셔서 병원에서 할 수 있는 치료가 한정적입니다."

"그건 루게릭병 치료와 관련해서 달지 않겠다고 한 기···."

"가즈미 씨."

시바타 씨가 다정한 목소리로 내 이름을 불렀다.

"환자분이 서명하신 계약서에는 어떤 상황에서도 인공호흡기를 달지 않겠다고 명시되어 있어요."

"네? 아··· 네, 저도 읽었어요. 하지만 지금은··· 지금은 좋아질 때까지만 인공호흡기를 달면 안 될까요?"

억지를 부린다고 해결될 일은 아니라는 걸 알았지만, 두 사람에게 머리를 숙이며 부탁했다.

새 주치의는 앞으로 일어날 일의 가능성에 대해서 자세하게 설명했다. 인공호흡기는 달 수 없어도 현재 산소마스크를 끼고 있으며, 앞으로 폐렴이 더 나빠지면 호흡부전을 일으킬 수도 있다고.

감정이라고는 전혀 묻어나지 않는 사무적인 어조가 오히려 고마웠다.

그가 마지막으로 덧붙였다.

"이대로라면 생명이 위독할 수도 있습니다."

열차 창문 너머로 넓게 펼쳐진 하마나호가 보였다.

손만 뻗으면 잡힐 듯한 푸른 나무들은 흘러가듯 지나가는데 떡하니 자리 잡은 거대한 호수는 꼼짝도 하지 않는다. 마치 주변에서 일어나는 이런저런 일들을 조용히 지켜보는 존재처럼.

 어딘지 모르게 남편과 닮았다는 생각이 들었다. 나을 가망이 없는 난치병에 걸렸다는 사실을 알고도 동요하기는커녕 오히려 멀쩡한 나를 걱정하던 사람이다.

 나도 남편처럼 생각할 수 있다면 얼마나 좋을까. 그러면 속으로는 이를 악물고 참고 있을 남편에게 조금은 더 힘이 되어 줄 수 있을 텐데.

 지금까지는 현실을 외면할 수밖에 없었다. 건강한 사람들을 보면 부러워서 질투가 나고 사소한 일에 짜증이 났으니까.

 옆에서 보면 나와 남편에게 벌어진 일은 그저 남의 일일 뿐이다. 다정하게 위로를 건네고 돌아서서는 자기에게 그런 일이 닥치지 않아서 다행이라고 가슴을 쓸어내린다.

 그래서 사람들을 만나길 꺼렸다. 못난 내 모습을 확인하고 싶지 않아서. 그렇다고 그만큼 남편에게 다정했느냐고 물으면, 꼭 그렇지도 않다.

 조금씩 나아지기는 했지만 섬세한 남편 성격에 안절부절못하며 초조해하는 내 마음을 몰랐을 리 없다.

 이제 곧 열차가 덴류후타마타역에 도착한다. 집에 가면 유리카에게 남편의 상태를 전하고 불안에 떨며 병원에서 오는 연락을 기다리겠지. 생각만으로도 말로 설명할 수 없는 끔찍한 공포가 발밑에서부터 기어올랐다.

또다시 머릿속에 종착역의 전설이 떠올랐다. 오늘만 벌써 몇 번째인지 모르겠다. 몇 번을 생각해도 믿기 힘든 이야기지만 혹시 남편의 마지막 편지에 쓰여 있던 말이 사실이라면….

"마지막?"

나도 모르게 그 말이 튀어나왔다. 회복하기를 바란다면서 이미 포기했던 건가?

아니, 남편은 분명 좋아질 거다. 안정을 찾고 병원 침대에서 내게 다음 편지를 쓸 거다. 하지만 간절한 마음 옆에서 고개를 든 절망이 열차 안을 어둡게 뒤덮어 갔다.

덴류후타마타역에 도착했다는 안내 방송이 흘러나오고, 남편과 함께 살았던 마을이 눈에 들어왔다. 덴류강도, 오래된 거리 풍경도, 코앞까지 가까워진 산들도 뿌옇게 흐려졌다.

자리에서 일어날 수가 없었다. 열차 문이 열렸다가 닫히고 가벼운 진동과 함께 다시 달리기 시작했다.

눈을 감고 남편과의 추억을 더듬었다.

우리의 첫 만남, 엉망이 된 프러포즈, 남편이 좋아하는 소설, 유리카가 태어나던 날, 운동회에서 넘어져 굴렀던 일, 쉬는 날 소파에 누워서 낮잠을 자던 모습.

모든 기억이 아름다웠다. 그리고 두 번 다시는 돌아갈 수 없는 과거의 추억들 사이로 탄산음료의 기포처럼 뽀글뽀글 후회가 올라왔다.

더 아끼고 사랑해야 했다. 더 많은 이야기를 나누어야 했고, 더 많은 곳에 함께 가야 했다. 왜 조금 더 다정하게 대해 주지 못했을까.

만약 전설이 사실이라면 남편에게 꼭 하고 싶은 말이 있다.

내가 얼마나 행복했는지, 그리고 얼마나 많이 후회하고 있는지….

문득 정신을 차려 보니 열차가 멈춰 있었다. 나도 모르게 잠이 든 모양이다.

간이역에서 탔으니 내릴 때 요금을 내야 하는데 주위를 둘러봐도 기관사가 보이지 않았다. 개표구에 있는 역무원에게 내면 되려나?

열차에서 내렸을 때 개표구 반대쪽에서 다가오는 역무원이 보였다.

"실례합니다."

가방 안을 뒤적이는데 지갑이 보이지 않는다. 그제야 손에 든 토트백에 넣어둔 게 생각났다.

"후지모토 가즈미 님이시죠? 저는 니토라고 합니다."

지갑을 꺼내려고 뻗었던 손이 우뚝 멈췄다.

남자의 머리칼이 바람에 부드럽게 나부꼈다. 들어 본 적 있는, 아니, 본 적이 있는 이름이었다.

남편 편지에 적혀 있던 이름.

"니토 씨?"

"한자로는 두 개의 탑二塔이라고 쓰죠."

정중하게 고개를 숙이는 남자의 행동에 나도 모르게 살짝 뒷걸음질 쳤다. 남자가 태연하게 모자를 벗어 가슴에 안았다.

"추억 열차를 이용해 주셔서 감사합니다."

"네? 저기…."

입은 열었는데 다음 말이 나오지 않았다.

내 이름을 어떻게 알지? 전설이 진짜인 걸까? 묻고 싶은 말이 넘쳐났지만 다 제쳐두고 꾸벅 고개부터 숙였다.

"부탁드립니다. 남편을 만나게 해 주세요."

남편의 얼굴이 차례차례 떠올랐다. 웃으며 다정하게 나를 보던 그의 얼굴들이.

"물론입니다. 도모키 님을 만날 수 있으실 겁니다."

가슴 속이 뜨겁게 끓어오르고 눈물이 뺨을 타고 흘렀다.

남편의 말은 사실이었다.

보고 싶다. 그를 만나서 목소리를 듣고 싶다. 지금까지 미안했다고, 앞으로도 함께 있고 싶다고 말하고 싶다.

"개표구 너머에서 기다리고 계실 겁니다. 개표구를 나가실 때

명탐정에게 보내는 도전장

까지 남편분을 생각하세요."

멀리 보이는 개표구가 신기루처럼 아른거린다.

발을 내딛자 남편의 목소리가 귓가에 조용히 울렸다.

―널 좋아해. 내 마음을 받아 줘.

―이 소설 정말 재밌어. 너도 읽어 봐.

―확실하게 말할게. 나와 결혼해 줘.

―유리카를 낳아 줘서 정말 고마워.

따스한 기억들에 둘러싸인 채 개표구를 나가자 눈앞에 익숙한 문이 나타났다. 이건 분명… 우리 집 주방으로 들어가는 문이다.

뒤를 돌아보니 개표구는 온데간데없고 복도 끝에 있는 현관문이 보였다.

"꿈…?"

정신을 놓고 멍하니 걷다가 집에 돌아온 건가? 쭈뼛쭈뼛 문손잡이로 손을 뻗어 주방으로 들어가자 거실 소파에 남편이 앉아 있었다.

"어…?"

들고 있던 소설책을 거실장 위에 놓은 남편이 일어서서 날 보고 웃는다.

"어서 와. 가즈미."

목소리가 들린 순간 나는 들고 있던 짐들을 놓아 버렸다.

"도모키, 도모키!"

그의 가슴으로 뛰어들었고, 남편은 나를 꼭 안아 주었다.

꿈이 아니다. 남편이 집에 돌아왔다.

"어떻게… 여기 어떻게…."

쏟아지는 눈물 탓에 말이 제대로 나오지 않았다.

"당신이 전설을 믿어 준 덕분이야. 그렇지 않았으면 못 만났을 거야."

남편은 울며 주저앉으려는 나를 안듯이 부축해 소파에 앉혔다. 울음을 삼키고 다시 한번 눈앞의 남편을 확인했다. 몸을 만지고 뺨을 감쌌다.

"꿈이 아니네. 정말 당신이야."

눈앞에 있는 남편은 병을 앓기 전 모습이었다. 몸에는 탄탄한 근육이 붙어 있고 안색도 밝았다.

"보고 싶었어. 이 집에서 다시 한번 당신을 만나고 싶었어."

오랜만에 듣는 남편의 목소리가 온몸에 스며들었다.

"몸은 괜찮아? 폐렴이라며."

"응, 지금도 마찬가지야. 몸은 움직일 수 없지만 감각은 살아 있어서 조금 전까지 고열 때문에 참을 수 없이 추웠는데 여기서는 아무렇지도 않네."

남편이 큰 손으로 내 어깨를 감싸 안았다. 그의 가슴에 얼굴을 묻고 있으니 지금까지 나를 괴롭히던 고통에서 해방된 기분이었다.

명탐정에게 보내는 도전장

"해바라기 예쁘다."

그가 귓가에 대고 작게 말했다. 고개를 들어 정원에 핀 노란 꽃을 찾았다.

"당신이 준 씨앗이야. 봄에 싹이 나더니 금세 저렇게 자랐어."

"알아, 입원하기 전에는 당신이 항상 머리맡에 앉아서 얘기해 줬잖아."

그 말에 가슴이 쿵 하고 울렸다.

남편을 만나면 진심으로 사과하고 싶었다. 그랬기에 다시 한번 만나게 해달라고 간절히 빌었었다.

나는 남편의 품에서 떨어져 몸을 세웠다. 그는 여전히 다정하게 웃고 있었다.

"당신한테 사과하고 싶어."

"사과?"

"나는 당신처럼 다정한 사람은 아니었어. 때로는 우울했고 짜증도 났지. 당신도 알고 있었지?"

남편이 어깨를 으쓱했다. 대답하기 곤란할 때 나오는 버릇이다.

"울음을 참는 모습을 여러 번 봤으니까."

역시 그랬구나….

"미안해. 내가 더 힘을 내야 한다고 생각했는데, 그랬는데도 나는…."

"괜찮아."

남편이 내 손을 잡았다. 시설에 들어가는 문제를 얘기할 때도 이렇게 손을 잡았었다. 그때도 많이 반성했는데 그런데도 결국 잘 해내지 못했다.

"고생시켜서 미안해. 이런 남편 옆에 같이 있어 줘서 고마워. 그리고 지금은 전보다 훨씬 마음이 편해."

"아아…."

눈물이 솟구쳤다.

남편이 이제 곧 영원히 내 곁을 떠나려는 모양이다. 받아들이고 싶지 않은데도 가슴이 제멋대로 이해해 버렸다.

"맞아."

남편이 내 마음을 다 안다는 듯 말했다.

"나는 곧 세상을 떠날 거야. 하루라도 더 오래 집에 있게 해 줘서 고마워."

"싫어, 그런 말 하지 마."

소중한 사람이 멀리 떠나려 한다. 이 세상에서 영원히 사라지려 한다.

아무리 끔찍하고 안타까운 뉴스도 지금까지는 다 남의 일이었는데, 막상 내게 닥치고 보니 알겠다. 우는 것 말고는 할 수 있는 일이 없다.

남편이 잡고 있던 손을 놓고 손가락으로 내 눈가를 훑었다.

"마지막으로 기적을 경험했으니까 나는 만족해."

"그래도 싫어!"

"가즈미, 내 말 잘 들어."

그가 두 손으로 내 뺨을 감싸고 얼굴을 들어 올렸다. 그제야 보았다. 다정하게 웃고 있던 남편의 눈에서도 눈물이 흐르고 있었다. 지금까지 나를 위해 애써 웃고 있었던 거다.

"당신을 두고 가는 게 제일 마음에 걸려. 남겨진 쪽이 훨씬 쓸쓸하고 힘들 테니까. 하지만 우리는 다시 만날 수 있어. 내가 조금 먼저 가서 기다리고 있을 테니까 당신은 당신답게 남은 인생을 살았으면 좋겠어."

"도모키."

"우리 행복했잖아. 그러니까 앞으로도 행복할 거야."

손등으로 눈물을 닦는 남편의 뒤로 시들어 가는 해바라기가 보였다. 마치 빨리 감기 영상처럼 꽃이 빠르게 시들어 갔다. 아직 한낮일 텐데 하늘도 서서히 붉게 물들고 있었다.

"여기서는 시간이 빨리 흘러간대. 꼭 옛날 동화 같지 않아?"

남편이 거실 테이블에 올려두었던 봉투를 집어 내게 건넸다.

'명탐정에게 보내는 도전장'이라는 글자를 보고 뻗었던 손을 급히 거뒀다.

"싫어, 지금은 추리 게임 같은 거 하고 싶지 않아."

그러나 남편은 내 말이 끝나기도 전에 봉투를 억지로 내 손에 쥐어 주었다. 그답지 않게 조급하게 구는 모습에 당황하며 편지를 받았다.

"그러면 명탐정이라고 할 수 없지."

"이 상황에서 농담이 나와?"

정말 마지막 게임 같아서 하고 싶지 않다.

"만남이 끝나면 서로 각자의 현실로 돌아가야 해."

"현실…."

쓸쓸한 얼굴로 고개를 떨군 그가 작게 끄덕였다.

"현실로 돌아가면 나는 고통 속에서 마지막을 맞아야 해. 그러니까 마지막으로 당신과 추리 게임을 하고 싶어. 그러면 수수께끼를 풀 때까지는 곁에 있을 수 있으니까."

편지를 든 손이 파르르 떨렸다.

"그럼, 풀지 않을래. 그러면 계속 옆에 있을 수 있는 거지?"

"그랬다가는 바로 현실로 끌려가지 않을까? 그리고 그 편지는 여기서 썼어. 그러니까 여기서 풀지 않으면 내가 당신에게 주는 선물은 영원히 찾을 수 없을 텐데."

"나한테는 선택권이 없다는 말이네."

내가 어깨를 축 늘어뜨리자 남편이 빙긋 웃었다.

"맞아, 나는 당신이 골똘히 생각하는 모습이 제일 좋더라. 답을 찾은 순간에 확 밝아지는 얼굴이 너무 예뻐."

"너무해."

이제는 너무나 익숙한 봉투를 열어 편지지를 꺼냈다. 남편의 손

글씨가 눈에 들어왔다. 한 글자 한 글자 꾹꾹 눌러 반듯하게 쓴 글자, 끝을 크게 올려 쓴 남편의 글씨체가 반가워 또 눈물이 고였다.

아르오네

이렇게 짧은 수수께끼는 처음이었다. 남편이 뿌듯하다는 듯 가슴을 펴고 웃는다.
"멋진 수수께끼지?"
"아르오네가 뭐야? 꽃 이름?"
"힌트 없이 풀어 봐."
이 수수께끼를 풀면 남편은 사라진다. 두려움이 생각을 멎게 했다.
남편이 창에 기대어 나를 지켜봤다. 석양이 빠르게 지고 있었다. 이제 곧 밤이 이 마을을, 그리고 우리를 집어삼킬 것이다.
이런 상황에서 추리 게임이나 하고 있다니 어이가 없다. 하지만 게임을 하는 동안에는 요동치던 감정의 파도가 잠잠해진다.
지금도 그렇다. 한 번도 경험한 적 없는 극한 절망 속에 한 줄기 빛이 스며드는 것 같다.
"아!"
남편이 쓴 글자가 머릿속에서 스르륵 바뀌기 시작했다. 풀고 싶지 않은데 저절로 답이 보인다.

"그 얼굴이 보고 싶었어."

남편이 눈을 반짝이며 여전히 해맑게 웃는다.

"답은-."

순간 그의 손가락이 벌어지려던 내 입술을 막았다.

"말하지 않아도 돼. 내가 사라질 때까지는 이대로 있자."

"도모키."

"이제 곧 숨이 끊어질 거야. 명탐정 덕분에, 당신 덕분에 마음 편하게 떠날 수 있을 것 같아."

남편이 나를 향해 두 팔을 벌렸다.

"도모키."

서로를 끌어안자 불안하게 떨리던 느낌이 사라졌다.

"제발 부탁이야. 떠나지 마."

"당신을 만나서 기뻤어. 내 인생은 당신 덕분에 정말 행복했어."

목소리가 점점 멀어졌다.

"도모키."

"사랑해."

처음 고백했던 그때처럼 사랑을 말한 그가 눈앞에서 사라져 갔다.

"나도 사랑해, 영원히!"

"나와 함께 해 줘서 고마워."

마지막으로 다정한 미소를 남긴 채 그가 홀연히 사라졌다.

이제 여기에는 아무도 없다.

그 자리에 주저앉아 소파에 얼굴을 묻었다. 울고 또 울어도 슬픔이 가시지 않는다.

나중에 후회하지 않으려고 이를 악물고 버텨 왔는데, 돌이켜 보면 후회할 일투성이였다.

"도모키, 도모키…."

아무리 불러도 대답이 없다. 어둠이 내려앉은 집 안에 나 홀로 남겨졌다.

이제 어떡하나. 도모키가 없는 세상에서 나는 어떻게 살아야 할까.

그 순간 핸드폰이 울리고 눈이 부실 만큼 환한 빛이 쏟아졌다. 화면에 뜬 병원 이름을 본 순간 숨이 멎는 것 같았다.

남편이 정말 내 곁을 떠났다. 이제 그는 나와 같은 세상에 없다.

주방 문을 열자, 멀리 승강장에 정차해 있는 열차가 보였다.

표를 사서 승강장으로 나가자 니토 씨가 기다리고 있었다. 내 슬픔을 달래 주려는 듯 애잔한 미소를 머금고 나를 바라봤다.

"도모키 님은 만나셨나요?"

"네, 감사했습니다."

눈물범벅인 얼굴로 고개를 숙였다.

출발을 알리는 신호에 떠밀리듯 열차에 오르자, 니토 씨가 조용히 인사하고 자리를 떠났다.

남편에게 받은 마지막 편지를 꼭 쥔 채 자리에 앉았다. 곧 열차가 움직이기 시작했다.

마르지도 않는지 눈물이 한없이 흘러내렸다. 하지만 남편이 선물한 기적을 떠올리면, 살아갈 수 있을 것 같다.

돌아가야겠다. 그 사람이 좋아하던 우리의 집으로.

* * *

초재는 가까운 친척들만 모여서 지냈다.

주지 스님을 배웅하다가 문득 바람의 온도가 달라졌다는 걸 깨달았다.

"벌써 가을이네."

남편은 지금쯤 저세상에서 웃고 있을까?

지금도 그날 일이 꿈이었나 싶을 때가 있다. 그러다 불단 앞에 놓인 마지막 추리 게임 봉투를 보면, 다시 용기가 난다. 이웃들은 나를 볼 때마다 남편의 명복을 빌어 주었다. 다음에는 마을 부인회 모임에도 참석하기로 했다.

다시 들어가려는데 주머니에 넣어둔 핸드폰이 울렸다. 사위에게서 온 메시지였다.

지금 분만실로 들어갔습니다.

하루카는 초재가 시작되자마자 갑자기 산통을 느껴 급히 병원으로 갔다. 사위 말이 유리카가 병원이 떠나갈 정도로 꽥꽥 소리를 질렀단다. 틀림없이 건강한 아기가 태어날 거다.

거실로 돌아오니 시미즈 씨가 돌아갈 채비를 하고 있었다.

"초재까지 와 주시고 정말 감사합니다."

"아니에요. 저도 많이 배우고 갑니다. 가즈미 씨는 어떻게 지내셨어요?"

그동안 주변을 돌아볼 겨를도 없이 반쯤 넋이 나간 채로 지냈다. 하지만 이제 더는 고통 속에서 허우적거리지 않을 것이다. 앞으로는 지금까지 받은 마음들에 보답하며 살아갈 생각이다.

"남편이 마지막 추리 문제를 남기고 갔어요. 수수께끼는 '아르오네'였죠."

시미즈 씨가 기다렸다는 듯 눈을 반짝였다. 무언가 할 말이 있는지 입을 벌렸다가 황급히 다시 닫고는 기대를 품은 눈으로 나를 바라봤다.

"처음에는 꽃 이름인 줄 알았는데 아니었어요. '아르오네'를 알파벳으로 쓰면 'ARUONE'고, 거꾸로 읽으면 'E-NO-URA(絵の裏)', 그림 뒤라는 말이 되죠. 그림 뒤를 봤더니 다음 문제가 적힌 봉투가 있었어요."

나도 모르게 미소가 지어졌다.

"그 수수께끼는 푸셨나요?"

나는 그림 뒤에 있던 봉투에서 꺼낸 편지지를 시미즈 씨에게 보여 주었다.

"거기에 '보물은 433˝이 보관'이라고 쓰여 있었어요. '433'은 읽는 방법에 따라 'し, み, す(시미스)*'라고 읽을 수도 있죠. 여기에 마지막 3에 탁점(〃)을 붙였으니까, しみず(시미즈)가 되겠죠?"

우와, 시미즈 씨가 탄성을 터트리고는 서둘러 가방에서 편지를 꺼냈다.

"맞히셨어요! 도모키 씨가 맡기시면서 가즈미 씨가 말하기 전에는 절대 주면 안 된다고 하셔서…."

"민폐를 끼쳤네요. 죄송합니다. 그 사람이 추리 게임을 정말 좋아했어요."

"정말 강한 분이세요."

과거형을 쓰지 않은 그녀의 말에 나도 고개를 끄덕였다.

"정말 강한 사람이죠. 그동안 제가 아픈 남편을 돌봤다고 생각했는데, 오히려 남편이 제게 힘을 주었더라고요."

시미즈 씨에게 받은 편지가 남편의 진짜 마지막 편지일 것이다. 하지만 이제 나는 더 이상 울지 않는다.

"저는… 행복한 사람이에요. 앞으로도 남편이 실망하지 않게 열심히 살아 보려고요."

---

* 일본어는 하나의 한자를 여러 음으로 읽을 수 있어, 어떤 한자와 결합하느냐에 따라 달리 읽힌다.

명탐정에게 보내는 도전장

시미즈 씨를 배웅하고 거실로 돌아왔다. 해바라기는 시들었지만, 어느새 알록달록한 코스모스가 정원을 채우고 있다.

소파에 앉아 창밖 하늘을 바라봤다.

우리는 언제쯤 다시 만날 수 있을까.

나는 그날을 고대하며 하루하루를 살아갈 것이다.

이 추리는 절대 빗나가지 않는다. 나는 명탐정이니까.

*　*　*

가즈미에게

이 편지를 읽을 때쯤이면 나는 이미 이 세상에 없겠지?

이 말, 꼭 해 보고 싶었어. 추리소설 도입부에 자주 나오는 말이잖아.

마지막 추리 게임은 나한테도 도박이었어.

애당초 당신이 종착역의 전설을 믿지 않았다면, 수수께끼를 건넬 수조차 없을 테니까.

시미즈 씨에게는 당신이 아무 말도 하지 않으면 이 편지는 그냥 처분해달라고 부탁할 생각이야.

마지막 편지에는 내 진심을 담아 보려고 해.

내가 병에 걸린 뒤, 우리의 일상은 참 많이 달라졌지.
혼란스러워하는 당신에게 기운을 주려고 추리 게임을 제안했지만, 사실은 내가 무너질 것 같아서였어.
내게 닥친 불행을 저주하고 운명을 원망했어.
그러면서도 당신에게만은 살아갈 힘을 주고 싶었어.

당신을 처음 만난 날을 지금도 기억해.
처음 본 순간 당신과 함께할 미래가 선명하게 그려졌지.
프러포즈는 실패했지만 나름 우리에게 어울리는 추억 같지 않아?

유리카랑은 지금도 자주 메신저로 얘기해.
말은 안 해도 나를, 그리고 당신을 많이 걱정하고 있어.
우리 딸을 따뜻한 아이로 키워 줘서 고마워.

혹시 내가 먼저 떠날 때를 대비해서 생명보험을 많이 들어뒀지만, 정말 중요한 건 그런 게 아니라는 걸 알았어.
돈보다는 당신이 늘 웃고 살았으면 좋겠어.
그리고 언젠가 다시 만났을 때 당신이 세상에서 겪었던 멋진 일들을 이야기해 주면 좋겠다.

명탐정에게 보내는 도전장

외롭겠지만 나는 먼저 저세상에서 기다리고 있을게.

그래도 당신과 함께했던 날들을 떠올리면 지루하지는 않을 거야.

당신 덕분에 행복했어. 고마워!

도모키

에필로그

"니토."

이 역에서 내 이름을 부를 사람은 단 한 명뿐이다.

뒤를 돌아보니 더위 때문인지 잔뜩 얼굴을 찌푸린 마쓰이 역장이 걸어오고 있었다.

"수고하셨습니다."

내가 모자를 벗어 들자 그가 손을 들어 가볍게 흔든다.

"자네는 언제 봐도 사람이 참 반듯해."

"오랜만에 얘기 나누네요. 알은체해 주셔서 감사합니다."

고개 숙여 인사하는 나를 보고 그가 조용히 웃었다.

"자네는 나한테만 보이니까. 처음 봤을 때 내가 얼마나 놀랐는지 아나?"

그의 말에 젊은 시절 마쓰이 역장의 모습을 떠올려 봤다.

입사한 지 얼마 되지 않았을 때였나? 어색한 유니폼을 입고 누구보다 열심히 연수를 받던 모습이 생각났다. 그랬던 그가 지금은 차기 사장 후보 중 한 명이라고 한다.

"옛날 생각나네요. 가케가와역 역장이 되신 게 벌써 오 년 전인가요?"

"자네는 하나도 안 변했어. 젊었을 때 본 모습 그대로야. 부럽네."

웃음과 함께 눈가에 깊은 주름이 새겨졌다.

그가 잠시 생각하더니 친근한 어조로 다시 입을 뗐다.

"오늘은 자네한테 묻고 싶은 게 있는데 말이야."

"네."

"여기서 안내 일을 하는 이유가 뭔가?"

나를 똑바로 바라보는 눈빛에서 어쩐지 애처로운 마음이 느껴진다.

"종착역의 전설을 믿는 사람들을 안내하기 위해서죠."

내 대답에 마쓰이 역장이 허무하다는 듯 피식 웃었다.

"이 대화만 족히 수백 번은 나눈 거 같군. 마지막까지 진짜 이유를 말하지 않을 건가?"

"마지막…, 오늘로 정년 퇴임하시나요?"

"그래, 마지막이니까 가르쳐 주지 않으려나 했지."

이런, 세월이 벌써 그렇게 흘렀나?

나 자신에 관한 생각은 일부러 떠올리지 않고 살았다. 하지만 오늘이 그와 만나는 마지막 날이라면….

"저는 어릴 때부터 역무원이 꿈이었습니다. 덴류하마나코 철도에 입사해서 가케가와역에 배정받은 날을 지금도 잊을 수가 없어요."

"나도 나름대로 알아봤어. 입사하고 얼마 안 돼서 사망했다는 기록이 있더군."

"어느 날 갑자기 쓰러졌는데, 정신을 차리고 보니 여기 승강장에 서 있었고 역 밖으로는 한 발짝도 나갈 수 없었죠. 그때는 제가 죽은 줄도 몰랐습니다. 종착역의 전설이 실제로 일어난 줄만 알았죠."

마쓰이 역장이 들썩이는 마음을 가라앉히려는 듯 코로 길게 숨을 내쉬었다.

"그럼, 전설이 자네보다 먼저였다는 거군."

"네."

"자네도 만나고 싶은 사람이 있었다는 건가?"

그의 표정이 안타까움으로 물들었다.

"여동생이 하나 있습니다. 부모님이 일찍 돌아가셔서, 저 없이 홀로 남을 동생이 걱정이었죠. 그래서 동생이 추억 열차를 타고 저를 만나러 와 주었으면 좋겠다고 바라면서 동생을 기다렸습니다. 솔직히 말해서 탑승객 안내는 여기 있다 보니 자연스럽게 하게 됐네요."

"그런데…."

쉽게 말을 꺼내지 못하는 걸 보니 그는 역시나 다정한 사람이다. 예나 지금이나 변함이 없다.

"몇 년이 지나도 동생을 만나지 못했습니다. 그제야 제가 죽었다는 걸 깨달았죠. 지금은 동생도 이 세상 사람이 아닐 겁니다."

괴롭지는 않았다. 그리워하던 이를 만나고 환하게 웃는 사람들의 얼굴을 보면서 어느새 이것이 나의 사명이라고 생각하게 됐다.

"그랬구먼, 그랬어."

이제야 알 것 같다는 듯 마쓰이 역장이 손수건으로 눈가를 눌렀다.

"저는 이곳에서 조금 더 사람들을 안내하겠습니다. 언젠가 전설이 모두의 기억에서 잊히는 날이 오면 당당하게 동생을 만나러 갈 거예요."

마쓰이 역장이 지붕 사이로 보이는 파란 하늘을 올려다보며 눈을 가늘게 떴다.

"그런 날이 꼭 올 걸세."

"네."

"내가 없어도 잘 부탁하네."

그는 내 대답을 기다리지 않고 걸음을 옮겨 자리를 떠났다.

"수고하셨습니다."

그의 뒷모습을 보며 깊게 허리를 숙였다. 때마침 멀리 철길이 울리는 소리가 들렸다. 이제 곧 당황한 표정의 승객이 어리둥절한 표정으로 열차에서 내릴 것이다. 나는 이곳에서 후회로 가득한 사람들과 미련이 남은 사람들이 다시 만날 수 있도록 돕고 있다.

"조금만 더 기다려 줘."

동생에게 미안한 마음을 입속말로 전해 본다. 그리고 오늘도 승강장 끝에 서서 열차가 도착하기를 기다린다.

일본 케이타이 문학상 수상 작가 이누준 장편소설
종착역에서 기다리는 너에게

펴낸날 2025년 11월 20일 1판 1쇄

지은이 이누준
옮긴이 이은혜
표지 그림 FUSUI
펴낸이 金永先
편집 이교숙, 박혜나
디자인 박유진

펴낸곳 알토북스
주소 경기도 고양시 덕양구 청초로 10 GL메트로시티한강 A동 A1-1924호
전화 (02)719-1424
팩스 (02)719-1404
출판등록번호 제13-19호
ISBN 979-11-94655-19-0 (03830)

> 알토북스와 함께 새로운 문화를 선도할 참신한 원고를 기다립니다.
> **이메일** geniesbook@naver.com (원고 투고)

* 이 책은 저작권자와의 계약에 따라 발행한 것이므로 본사의 허락 없이는 어떠한 형태나 수단으로도 이 책의 내용을 사용하지 못합니다.
* 파본은 구입하신 서점에서 교환해 드립니다.